Wolfgang Schweiger

Ein Dorf in Angst

PENDRAGON

*„Was erwarten Sie von mir, Goldfinger?
Dass ich rede?“*

*„Nein Mr. Bond, ich erwarte von Ihnen, dass
Sie sterben.“*

James Bond 007 – Goldfinger

1

Es war Punkt zwanzig Uhr, als Marius Bieleck in die Ausfahrt Übersee einbog und seinen Van weiter in Richtung Dorfmitte lenkte. Obwohl er im Begriff war, ein Kapitalverbrechen zu begehen, war er erstaunlich guter Dinge. Schließlich war alles bestens vorbereitet, und Rückendeckung stand auch bereit. Nein, es gab absolut keinen Grund, am Erfolg des Unternehmens zu zweifeln. Zumal er schon Jobs erledigt hatte, die weitaus schwieriger waren, schwieriger und vor allem gefährlicher. Und dazu auch noch wesentlich schlechter bezahlt.

Dennoch fühlte er sich plötzlich unwohl. Extrem unwohl sogar. Ihm stand unversehens der Schweiß auf der Stirn und seine Hände zitterten, als habe er Schüttelfrost. Vielleicht nur eine Panikattacke, versuchte er sich zu beruhigen. Wäre zwar das erste Mal, dass ihm seine Nerven einen Streich spielten, aber was sollte sonst dahinter stecken? Er war in seinem Leben noch niemals ernsthaft krank gewesen, betrieb jede Menge Sport und achtete auf seine Ernährung. Hatte er sich vielleicht einen Virus eingefangen? Einen echten Grippevirus, bei dem es einem schlagartig schlecht ging, mit Fieber, Kopfschmerzen und allgemeiner Schwäche? Genau, das könnte es sein. Zwar ungewöhnlich für diese Jahreszeit, aber nicht unmöglich! Er wischte sich mit der Hand über die Stirn und warf einen Blick auf das am Armaturenbrett befestigte Navigationsgerät. Noch siebzehn Minuten, und er würde seinen Zielort erreicht haben. Na also, dann noch eine Viertelstunde, um die Sache über die Bühne zu bringen, und schon würde es wieder heimwärts gehen. Alles kein Problem, auch wenn die Rückfahrt etwas anstrengend zu werden versprach. Aber egal, die paar Stunden würde er schon noch durchhalten. Danach könnte er sich in aller Ruhe auskurieren, und sobald er wieder fit wäre, mit Alex in den Süden verreisen.

Alex!

Bei dem Gedanken an die Frau entspannte er sich wieder. Die würde schon dafür sorgen, dass alles glatt ging, sollte es wirklich Trouble geben. Er lächelte kurz in sich hinein. Ein echter Glücksfall, diese Frau. Dass ihm so ein Miststück mal über den Weg laufen würde, hätte er nicht erwartet. Und schon gar nicht, dass sie mit ihm zusammenarbeiten würde.

Vielleicht sogar weiterhin, schließlich hatte sie auch nichts dagegen gehabt, mit ihm ins Bett zu steigen. Als Team wären sie jedenfalls spitze, und außerdem könnte er dann Aufträge annehmen, die er bislang abgelehnt hatte, weil sie für einen allein zu riskant waren.

Er passierte die Unterführung der Eisenbahnlinie München-Salzburg, ließ die Ortschaft hinter sich und fuhr weiter in Richtung Grassau. Noch vierzehn Minuten. Er dachte schon, er habe wieder alles im Griff, als ihm übel wurde. Kotzübel, verbunden mit einem stechenden Schmerz in der Brustmitte. Dazu schwitzte er plötzlich am ganzen Körper, und als vor ihm ein Wagen auftauchte, blendete ihn das Scheinwerferlicht derart, dass er die Augen zukniff und unwillkürlich auf die Bremse trat. Jetzt nur die Ruhe bewahren, befahl er sich, während er den Van in die Wiese am Straßenrand lenkte und anhielt.

Frische Luft! Er brauchte frische Luft. Er ließ das linke Seitenfenster herunter und atmete ein paar Mal tief durch. Keine Wirkung. Im Gegenteil, nun verschwamm auch noch die Sicht vor seinen Augen, konnte er den Verlauf der Straße nur mehr erahnen. So ein Scheiß! Er überlegte kurz, ob er vielleicht aussteigen und ein paar Schritte laufen sollte, ließ es dann aber sein. Das fehlte ihm gerade noch, dass er irgendwo zusammenbrach und hilflos liegen blieb. Aber was sollte er sonst machen? Abwarten und auf das Beste hoffen? Klar, was sonst, aber es wurde nicht besser, und so dauerte es keine Minute, bis er zu der Einsicht gelangte: Er war krank. Er brauchte Hilfe. Sofort, ohne Rücksicht auf den Job. Er konnte es nicht fassen. Ausgerechnet jetzt und dazu noch mitten in der Pampa. Aber gut, den Job könnte er zur Not auch später erledigen, war ja scheinbar nichts, was an einen bestimmten Zeitpunkt gebunden wäre. Ein kleiner Aufschub, nichts weiter. Unangenehm, aber letztendlich keine große Sache. Doch halt, was sollte er mit der Beretta machen, die er am Leib trug? Und mit dem Colt Automatic in seiner Tasche? Die durften auf keinen Fall entdeckt werden.

Alex! Er musste Alex verständigen, damit die seine Sachen an sich nahm, bevor er vom Rettungsdienst ins Krankenhaus geschafft wurde. Er blickte wieder zum Navi. Elf Minuten. Also sechs oder sieben, so wie er die Frau kannte und einschätzte. Er stellte den Motor ab und fischte sein für Alex bestimmtes Handy aus seiner Jackentasche. Doch der Apparat entglitt seinen zittrigen Fingern, und schon halb ohnmächtig von dem Schmerz, der in seiner Brust wütete, sackte er über dem Lenkrad zusammen. Ich schaffe das schon, sagte er sich, und starrte auf den kleinen Jungen, der plötzlich vor ihm aufgetaucht war. Der ihm an der Hand seiner Mutter entgegenkam, leicht und frei unter einem strahlend blauen Himmel. Ein Anblick, der ihn wärmte und mit Freude erfüllte. Nun würde doch noch alles gut werden …

2

„So, das wär's dann schon gewesen, Herr Kommissar", sagte der Zahnarzt, trat einen Schritt zurück und streifte seine Latexhandschuhe ab.

Hauptkommissar Andreas Gruber atmete erleichtert auf. Er wartete, bis ihm die Helferin das Papierlätzchen abgenommen hatte, und erhob sich etwas ungelenk. Er wollte gerade fragen, ob er sich für dieses Jahr noch einen Termin geben lassen sollte, da sagte der Zahnarzt: „Dürfte heute übrigens das letzte Mal gewesen sein, dass wir uns gesehen haben, zumindest beruflich."

„Ach ja …?"

„Ja. Ich werde in gut drei Monaten, genauer gesagt, zum fünfzehnten Dezember, aufhören."

„Was?" Gruber blickte den Mann, der sich seit annähernd dreißig Jahren um seine Zähne kümmerte, erstaunt an. Er fand, dass sich sein Gegenüber in dieser Zeit kaum verändert hatte. Gut, sein ehemals dichtes, pechschwarzes Haar war nun etwas lichter und von grauen Strähnen durchzogen und er hatte ein paar Falten mehr um die Mundwinkel, aber sonst konnte Gruber keine wesentlichen Veränderungen an dem Mann feststellen.

„Wie ein angehender Rentner sehen Sie aber nicht gerade aus", sagte er. „Darf ich fragen, wie alt Sie sind?"

„Ich bin Jahrgang '55."

„Tja, wenn das so ist …" Gruber hielt dem Zahnarzt die Hand hin. „Dann bleibt mir wohl nichts anderes übrig, als Ihnen alles Gute für den Ruhestand zu wünschen."

„Besten Dank."

Sie schüttelten sich kurz die Hände.

„Und Sie, wie lange wollen Sie eigentlich

noch weitermachen?“, fragte der Zahnarzt dann. „Wenn ich mich recht erinnere, werden Sie im November vierundsechzig.“

„Stimmt …“

„Na also.“

„Na ja, aufhören könnte ich schon“, sagte Gruber. „Aber was mache ich dann den lieben langen Tag?“

„Das Leben genießen. Auf Reisen gehen. Mal was anderes erleben.“

Gruber nickte. „Hätte was für sich, das gebe ich zu.“

„Na also, dann gönnen Sie sich doch die Freude.“

Freude! Gruber graute eher bei dem Gedanken an den Ruhestand. Er liebte seinen Beruf, trotz all der schrecklichen Dinge, mit denen er dabei immer wieder konfrontiert wurde. Er hatte auch nie das Gefühl gehabt, etwas zu versäumen, keine Zeit für irgendwelche Hobbys zu haben. Der Ruhestand als unbeschwerte Spielwiese war eine absurde Vorstellung für ihn.

„Mal sehen, was meine Frau dazu sagen würde“, sagte er.

„Gute Idee …“ Der Zahnarzt lächelte vertraulich. „Letztendlich sind es doch immer die Frauen, die bestimmen, wo's langgeht, oder?"

„Schon möglich … haben Sie schon einen Nachfolger?"

„Eine Kollegin aus Traunreut übernimmt die Praxis. Sie werden mit ihr zufrieden sein."

Bevor Gruber antworten konnte, klingelte sein Handy. Er nickte dem Zahnarzt zu, trat in den Flur hinaus und zog das Mobiltelefon aus seiner Jackentasche.

Es war seine Kollegin, Hauptkommissarin Ulrike Bischoff.

„Bist du schon dran gewesen?", fragte sie.

„Ja. Bin gerade fertig geworden", erwiderte Gruber.

„Wie ist es gelaufen?"

„Alles in Ordnung soweit. Und, was gibt es denn so früh?"

„Einen Mann, der gestern Abend vermutlich einen tödlichen Herzinfarkt erlitten hat."

„Was geht uns das an?"

„Eine ganze Menge, fürchte ich. Erstens war der Mann kein Unbekannter für uns, zweitens war er schwer bewaffnet, und drittens war er anscheinend auf dem Weg zu einer Ortschaft namens Beching, das ist …"

„Ich weiß, wo Beching liegt“, unterbrach Gruber seine Kollegin. „Aber was heißt hier anscheinend?“

„Das erkläre ich dir, wenn du hier bist.“

„Gut, ich bin schon unterwegs.“

„Schlechte Nachrichten, Herr Kommissar?“, fragte der Zahnarzt, der nun ebenfalls in den Flur getreten war.

„Wie man's nimmt“, erwiderte Gruber. „Wären es gute, wäre ich im falschen Beruf, würde ich sagen.“

„Stimmt auch wieder.“

„Also dann, machen Sie's gut.“

3

Bischoff wartete bereits am halbgeöffneten Tor der Werkstatt, ein paar Computerausdrucke in der rechten Hand und sichtlich ungeduldig. Sie kam Gruber ein paar Schritte entgegen und wedelte mit den Blättern. „Sein Name war Marius Bieleck“, erklärte sie, während sie die Werkhalle betraten. „Geboren am 18. Februar 1965 in Krefeld, zuletzt wohnhaft in Frankfurt am Main.“

Sie blieben vor dem grauen Nissan Van stehen, der mit weit geöffneten Türen in der Mitte der Halle stand und gerade von zwei Beamten der KTU nach Fingerabdrücken abgesucht wurde.

„Morgen, Herr Kommissar“, sagte der Ältere der beiden.

Gruber nickte nur und blickte zu Bischoff. „Und weiter?“

„Er hat zwei Vorstrafen, die aber schon längere Zeit zurückliegen. Wegen Erpressung, Nötigung und illegalen Waffenbesitzes. War insgesamt knapp drei Jahre in Haft. Danach war ihm nichts mehr nachzuweisen, obwohl er noch mehrere Male vor Gericht stand. Unter anderem, weil er verdächtigt wurde, am spurlosen Verschwinden eines Zeugen in einem Prozess gegen eine Frankfurter Unterweltgröße beteiligt gewesen zu sein."

„Klingt nach einem Profi ..."

„Ja, das sagen auch die Frankfurter Kollegen, mit denen ich vorhin telefoniert habe. Die werden im Lauf des Vormittags auch seine Wohnung durchsuchen und versuchen, Freunde und Bekannte von ihm ausfindig zu machen."

„Woher wissen wir, dass er nach Beching unterwegs war?"

Bischoff deutete auf das Navigationsgerät am Armaturenbrett. „Weil das als Zielort eingegeben war. Beching Dorfstraße ..."

„Tatsächlich?"

„Ja."

„Vielleicht wollte er dort Ferien machen ..."

„Eher unwahrscheinlich, würde ich sagen, so ohne Gepäck, aber mit einer Beretta im Schulterhalfter und einer zweiten Pistole in einer Umhängetasche, die auf dem Beifahrersitz lag."

„Da schau an."

„Eben. Das Einzige, was er sonst noch bei sich hatte, waren vier Reservemagazine und knapp dreitausend Euro Bargeld. Außerdem natürlich seine Brieftasche und zwei Handys. Die liegen bereits bei der Technik zur Auswertung."

Gruber pfiff durch die Zähne. „Das hört sich gar nicht gut an."

„Das würde ich auch meinen. Außerdem hat er den Wagen da erst vor vier Tagen bei einem Gebrauchtwagenhändler in Frankfurt gekauft."

„Na gut", sagte Gruber, „und wie ist der Herr nun genau gestorben?"

„Hier ist der Bericht", erwiderte Bischoff und hielt ihm einen der Ausdrucke hin.

Gruber schüttelte den Kopf. „Später. Sag mir erst das Wichtigste …"

„Schlecht geschlafen?"

„Nein. Wieso?"

„Nichts. Also entdeckt hat ihn ein junger Mann aus Grabenstätt, der auf seinem Mountainbike auf dem Heimweg war. Dem ist der neben der Straße abgestellte Wagen aufgefallen, und als er nachgesehen hat, hat er den Bieleck gefunden, über dem Steuer zusammengesackt und ohne jedes Lebenszeichen. Er hat aber nicht versucht, ihn zu reanimieren, sondern hat gleich die Rettung gerufen. Die waren auch wenige Minuten später vor Ort, wo der Notarzt dann den Tod festgestellt hat. Dabei hat er die eine Pistole entdeckt, so dass die inzwischen eingetroffenen Kollegen von der Streife den KDD verständigt haben. Die haben dann veranlasst, dass der Mann, nachdem ein zweiter Arzt, ein Doktor Sowieso aus Grassau, den Tod bestätigt hat, erstmal zu uns gebracht wird, bis wir entschieden haben, ob obduziert wird oder nicht."

„Ist dem Arzt bei der Untersuchung etwas aufgefallen?"

„Davon ist nichts vermerkt."

„Es könnte sich also durchaus um einen ganz normalen Herzinfarkt oder Schlaganfall gehandelt haben."

„Sicher."

„Na gut, dann schauen wir uns den Herrn mal an."

Sie verließen die Werkstatt und gingen zu Grubers Peugeot.

„Wussten die Frankfurter Kollegen zufällig auch, was er sonst so getrieben hat, wenn er nicht gerade damit beschäftigt war, andere Leute aus dem Weg zu räumen?", fragte Gruber.

„Nicht genau. Bekannt ist nur, dass er Mitbesitzer eines Speiselokals in Frankfurt war und früher mal Geschäftsführer einer Diskothek irgendwo im Frankfurter Umland."

Das Bestattungsinstitut befand sich nur wenige Straßen entfernt, und Gruber hatte kaum eingeparkt, da kam die Bestatterin, eine junge, dunkelhaarige Frau, auch schon aus dem Gebäude.

„Da sind wir wieder mal", sagte Gruber und schüttelte der Frau die Hand.

„Ich habe Sie schon erwartet", erwiderte die Frau und gab auch Bischoff die Hand. „Scheint ja ein gefährlicher Mann gewesen zu sein, dieser Marius Bieleck. Meine Mitarbeiter haben mir erzählt, dass es von Polizei nur so gewimmelt hat."

„Nun, der Mann hatte einige Vorstrafen, war bewaffnet und weit weg von zuhause", sagte Gruber.

„Und was wollte er hier in der Gegend?"

„Genau das ist die Frage."

Sie folgten der Bestatterin über den Hof in das Nebengebäude, wo der Aufbewahrungsraum untergebracht war. Gleich darauf lag Bieleck vor ihnen, und Gruber betrachtete nachdenklich das fahle, eingefallene Gesicht des Toten.

„Befürchten Sie denn, dass es kein natürlicher Tod war?“, fragte die Bestatterin.

„Sein Tod vielleicht nicht“, erwiderte Gruber. „Was uns wirklich Sorgen bereitet, sind die anderen Umstände. Zum Beispiel, was er hier in der Gegend zu suchen hatte. Trotzdem muss er nach München. Könnte ja sein, dass doch etwas anderes als ein Herzanfall hinter seinem plötzlichen Ableben steckt.“

„Alles klar.“

4

„Ganz schön undurchsichtig, das Ganze, oder wie sehen Sie das?", sagte Staatsanwältin Dr. Werner, als Gruber und Bischoff vor ihrem Schreibtisch Platz genommen hatten.

„Allerdings", erwiderte Gruber. „Zumindest ist es eine ungewöhnliche Situation. Wir haben einen potentiellen Täter, aber keine Ahnung, was er vorhatte. Relativ sicher scheint nur, dass er sich nicht lange hier in der Gegend aufhalten wollte."

„Aber dass er etwas vorhatte, davon gehen Sie aus?"

Gruber nickte. „Es spricht jedenfalls alles dafür. Die Waffen, der kürzlich gekaufte Wagen, die zwei Handys …"

„Apropos Handys, gibt es da schon Erkenntnisse?"

„Noch nicht", sagte Bischoff.

„Vielleicht ergibt ja die Durchsuchung seiner Wohnung etwas", sagte Gruber. „Obwohl ich, offen gesagt, nicht viel Hoffnung habe. Der Mann ist offensichtlich ein Profi, und so einer lässt nichts herumliegen, was ihm irgendwie gefährlich werden könnte. Vor allem dann nicht, wenn er gerade dabei ist, einen Job zu erledigen."

Die Staatsanwältin nickte mit nachdenklicher Miene. „Wie groß ist dieses Beching eigentlich?", fragte sie.

„Nicht so besonders groß", erwiderte Gruber. „Eher ziemlich klein, würde ich sagen. War aber bis zur Gemeindereform in den siebziger Jahren eine eigene Gemeinde. Seitdem gehört es zu Marquartstein."

„Also ein ganz normales Dorf?"

„Ja, mehr oder weniger. Ein halbes Dutzend Bauernhäuser rund um die Kirche, ein Gasthof, eine Fremdenpension, ein paar Läden und entlang der Straße nach Marquartstein das unvermeidliche Neubaugebiet."

„Beching, Beching ..." Die Staatsanwältin spielte kurz mit ihrem Kugelschreiber. „Sagen Sie, wohnt da nicht diese Schauspielerin, die seit Jahren Wirbel macht, weil sie ihren Sohn an diese Sekte verloren hat?"

„Richtig. Laura von Hochwälder ..."

„Wie, verloren?", fragte Bischoff.

„Verloren im Sinn von, dass sich der junge Mann einer Gruppe von Endzeit-Enthusiasten angeschlossen hat, die jetzt irgendwo im Norden von Portugal auf den Weltuntergang warten", erklärte die Staatsanwältin. „Stand vor ein paar Jahren groß in der Zeitung und soviel ich gehört habe, hat sie auch einiges unternommen, um ihn dort herauszuholen. Allerdings ohne Erfolg. Als Konsequenz davon hat sie eine Art Selbsthilfeorganisation für Menschen gegründet, die mit ähnlichen Problemen zu kämpfen haben."

„Ja, richtig, jetzt erinnere ich mich", sagte Bischoff. Und zu Gruber gewandt: „Was meinst du? Vielleicht war dieser Bieleck unterwegs, um sie zum Schweigen zu bringen?"

„Schon möglich", sagte Gruber. „Aber meinst du nicht, dass wir dann auch einen Schalldämpfer bei ihm gefunden hätten?"

„Wer sagt denn, dass er sie erschießen wollte? Vielleicht hat er immer zwei Waffen mit sich herumgeschleppt?"

„Stimmt auch wieder ... Aber es gibt da noch eine prominente Person in Beching, bei der ich mich über ungebetenen Besuch nicht besonders wundern würde", sagte Gruber dann. „Sagt euch der Name Leo Storch etwas?"

Bischoff schüttelte den Kopf. „Nie gehört ..."

„Doch“, sagte Dr. Werner. „Aber auf Anhieb könnte ich jetzt nicht …“

„Ein ehemaliger Sternekoch, der Mitte der neunziger Jahre in einen Immobilienskandal verwickelt war“, sagte Gruber. „Hat eine Reihe seiner nicht gerade unvermögenden Gäste dazu überredet, in ein Riesenbauprojekt in Berlin zu investieren, das dann geplatzt ist. Angeblich war auch die obligatorische Russenmafia involviert, weil man einen der an dem Deal beteiligten Banker später im Elbsandsteingebirge tot aufgefunden hat, bei einem Ausflug von einem Felsen gestürzt.“

„Interessant. Und er selbst?“

„Er selbst ist irgendwie davongekommen und hat sich danach ins Ausland abgesetzt.“

„Und der wohnt jetzt in Beching?“, fragte Bischoff.

„Nicht nur das. Er hat vor einem halben Jahr dort das Gasthaus übernommen und in ein Feinschmeckerstübchen umgewandelt.“

„Mit Erfolg?“

„Absolut. Meine Frau und ich waren bisher zweimal dort, und es war immer alles bestens. Und das zu vernünftigen Preisen.“

„Aber wer sollte nach so langer Zeit noch etwas gegen ihn unternehmen wollen? Oder in Auftrag geben?"

„Keine Ahnung. Aber wie gesagt, er war lange im Ausland und vielleicht nicht greifbar. Und manche Leute können ziemlich nachtragend sein."

„Trotzdem, alles ganz schön vage", meinte die Staatsanwältin nach einer Pause.

„Ich tippe auf diese Schauspielerin", sagte Bischoff. „Ich meine, vielleicht sollte dieser Bieleck ihr ja nur drohen oder sie anderweitig unter Druck setzen."

„Gut. Dann würde ich vorschlagen, dass Sie diese Herrschaften mal aufsuchen und nachfragen", sagte Dr. Werner.

„Was erzählen wir ihnen?", fragte Gruber.

„Hm, am besten die Wahrheit, würde ich sagen …"

„Tja, und was ist die Wahrheit? Dass ein mutmaßlicher Mietkiller mit vermutlich nicht den besten Absichten auf dem Weg in ihr hübsches Dorf war?"

„Sie machen das schon …"

„Okay, dann sprechen wir am besten zuerst mit dem Altbürgermeister, dem Max Prechtl. Den kenne ich nämlich zufällig."

„Ach so?“

„Ja. Bei unserem letzten Besuch beim Storch saß er am Nebentisch, und wir sind ins Gespräch gekommen. Der Mann ist zwar schon weit über achtzig, aber noch total fit, wie ich den Eindruck hatte. Und wenn einer über die Verhältnisse in seiner ehemaligen Gemeinde Bescheid weiß, dann wohl er.“

„Hoffentlich ist er auch verschwiegen“, sagte Dr. Werner.

„Wenn nicht, werden wir's ihm schonend beibringen“, sagte Gruber und erhob sich.

5

Am Ortsrand von Beching angekommen, bremste Gruber ab und fuhr im Schritttempo weiter. An das Neubaugebiet hatte er bislang kaum einen Blick verschwendet, aber nun wollte er sich ein exaktes Bild davon machen. War es wirklich möglich, dass in einer dieser herausgeputzten Doppelhaushälften eine Person lebte, die im Clinch mit der Frankfurter Unterwelt lag? Oder sonst wie in kriminelle Aktivitäten verwickelt war, die sie nun in Lebensgefahr gebracht hatten? Doch der Anblick gab nichts her, was ihm weitergeholfen hätte. Alles, was er und Bischoff zu Gesicht bekamen, waren scheinbar nette Leute, die mit sich selbst beschäftigt waren, mit Gartenarbeiten, beim Fensterputzen oder auf dem Spielplatz. Sie passierten den ersten Bauernhof, dem ein zweiter folgte. Das nächste Gebäude war die Fremdenpension, und dann hatten sie auch schon den Dorfplatz erreicht, mit der Kirche und dem Friedhof auf der einen und dem Gasthof „Zum Storch“ und dem ehemaligen Rathaus auf der anderen Seite. Zu sehen war kaum jemand, nur eine ältere Frau, die auf einer Bank an der Friedhofsmauer saß, und ein hagerer Mann schwer bestimmbaren Alters, der eben aus einem Taxi stieg.

Gruber parkte seinen Peugeot auf dem Platz vor dem Gasthof ein und hatte kaum den Motor abgestellt, als aus der Eingangstür ein alter, spindeldürrer und leicht gebückt gehender Mann trat und ihm zuwinkte. Gruber und Bischoff stiegen aus und wandten sich dem Alten zu.

„Griaß Eahna, Herr Kommissar“, sagte der Mann. „Hätt ned dacht, dass mia uns so bald wiedersehn. Und des a no beruflich.“

„Hallo Herr Prechtl“, erwiderte Gruber und schüttelte Max Prechtl die Hand. „Mir wär's auch lieber, ich wäre privat hier, aber leider hat sich etwas ergeben, das wir dringend besprechen müssen. Das ist übrigens meine Kollegin, Hauptkommissarin Ulrike Bischoff.“

Bischoff und Prechtl schüttelten sich die Hände.

„Aber Sie san doch von der Mordkommission, oder ned?“, sagte Prechtl zu Gruber gewandt. „Oder hob i des bei unserm Gespräch falsch verstanden?“

„So hieß es früher …“, erklärte Bischoff. „Herr Gruber und ich sind vom Kommissariat 1, und das heißt, wir befassen uns mit Straftaten gegen das Leben, oder wenn die Todesursache unklar ist, und der Leichnam nach München gebracht und obduziert wird.

„Oiso gibts koa Leich, oder wia?"

„Warten Sie's ab", sagte Gruber. „Darauf kommen wir gleich."

„A geh", sagte Prechtl. „Jetzt machens mia doch koa Angst, Herr Kommissar."

„Ist der Herr Storch auch da?", fragte Gruber.

„Der is drin und wart scho, genauso, wia Sie's verlangt ham. Hod aber grod an Anruf kriagt …"

„Gut, dann gehen wir am besten erst mal rein."

Gruber und Bischoff folgten Prechtl in die Gaststube, wo der Chef des Hauses soeben sein Smartphone in der Jackentasche verschwinden ließ und die Beamten erwartungsvoll anblickte. Gruber und Bischoff stellten sich vor und setzten sich dann zu Prechtl und Leo Storch an einen Tisch.

„Ich nehme an, Sie haben alle nichts gegen eine Tasse Kaffee", sagte Storch.

„Absolut nicht", erwiderte Gruber.

Storch blickte zu der jungen Frau, die am

Tresen stand und in ihr Smartphone vertieft war. „Annika, vier Kaffee und eine Flasche Wasser bitte."

„Sie waren schon mal zu Gast bei mir", sagte Storch zu Gruber. „Sie und eine blonde, sehr attraktive Dame, richtig?"

„Klingt fast so, als wollten Sie damit sagen, für mich zu attraktiv?"

„Ich bitte Sie, Herr Kommissar … Aber jetzt im Ernst: Es ist doch nicht wegen dieser alten Geschichte?"

„Ausgeschlossen ist es nicht", erwiderte Gruber, „aber bevor ich Ihnen Genaueres mitteile, möchte ich Sie beide darauf hinweisen, dass alles, was wir Ihnen zu sagen haben, vorerst unter uns bleiben muss."

„Alles klar", sagte Storch.

„Gut. Dann kommen wir gleich zur Sache: Sagt einem von Ihnen der Name Marius Bieleck etwas?"

Sowohl Prechtl als auch Storch schüttelten den Kopf.

„Nie gehört, den Namen", sagte Storch.

„Sogt mia a nix", ergänzte Prechtl.

„Vielleicht kennen Sie ihn unter einem anderen Namen", sagte Bischoff und schob den beiden eine Porträtaufnahme von Bieleck über den Tisch zu.

Erneutes Kopfschütteln.

„Nie gesehen", sagte Storch. „Aber was ist denn nun so interessant an dem Mann?"

„Nun, der Mann wurde gestern Abend gegen zwanzig Uhr dreißig neben der Straße zwischen Übersee und Grassau tot in seinem Auto aufgefunden", erklärte Gruber. „Woran er gestorben ist, wissen wir noch nicht genau, möglicherweise an einem Herzinfarkt, vielleicht aber auch an etwas ganz anderem. Aber was wir wissen, ist, dass er auf dem Weg hierher nach Beching war, dass er zwei Pistolen mit sich führte, und dass er eine Vorgeschichte hat, die darauf hindeutet, dass er hier möglicherweise ein Verbrechen begehen wollte."

„Sie meinen, er wollte jemanden umbringen?", fragte Storch.

„So weit würde ich nicht gehen", sagte Gruber. „Theoretisch könnte es alles Mögliche sein, von Erpressung über Anwendung von Gewalt, sprich: Prügel, bis hin zu Mord."

„Und jetzt befürchten Sie, ich könnte derjenige sein, der …?"

„Nun ja, Sie haben sich damals bei dieser

Immobiliengeschichte doch einige Feinde gemacht, oder etwa nicht?“, fragte Bischoff.

„Das kann schon sein“, sagte Storch. „Aber die paar Leute, die damals zusammen mit mir auf dieses Anlageprojekt reingefallen sind, die würden sich so etwas niemals trauen. Dazu haben sie nicht das Kaliber. Und überhaupt, jetzt, nach bald zwanzig Jahren …“ Er schüttelte belustigt den Kopf. „Sorry, aber da sind Sie auf dem Holzweg.“

„Bitteschön …“ Annika stellte das Tablett mit dem Kaffee und Wasser auf dem Tisch ab. Storch tätschelte kurz ihre Hand. „Danke, meine Liebe …“

„Es gab Gerüchte, dass die Russenmafia an dem Projekt beteiligt war“, sagte Gruber, als sich die Frau wieder an den Tresen zurückgezogen hatte. „Und dann gab es noch diesen mysteriösen Todesfall im Elbsandsteingebirge.“

„Alles Unsinn. Werfen Sie mal einen Blick in die Zeitung. Da lesen Sie fast jeden Tag etwas von einem tödlichen Unfall in den Bergen. Die Leute sind einfach zu unvorsichtig. Und was die viel zitierte Russenmafia betrifft, so habe ich während der gesamten Transaktion keinen einzigen Russen zu Gesicht bekommen.“

„So wie der Beckenbauer in Katar keinen Sklaven ...“, sagte Gruber.

Storch grinste nur, sagte nichts.

Gruber blickte fragend zu Prechtl. „Und bei Ihnen hier im Dorf ...?“

„Oiso i wüsst niemanden im Dorf, der in Schwierigkeiten steckt“, erwiderte Prechtl bedächtig. „Jedenfalls ned in solchene, dass a bezahlter Mörder anmarschiert kemma dad.“

„In welchen dann?“, fragte Bischoff.

„Na ja, da Hansi, da Bua vom Baumgartner-Bauern, der war vor a paar Jahr moi weng irgend a Rauschgiftsach vorm Kadi. Is aber auf Bewährung davonkemma.“

Gruber und Bischoff wechselten einen Blick. „Vielleicht deswegen, weil der liebe Hansi Baumgartner seine Komplizen verpfiffen hat?“, fragte Bischoff den Altbürgermeister ohne Umschweife.

Der Mann gab keine Antwort. Er blickte Bischoff nur abweisend an und rührte wieder in seinem Kaffee. Sekunden später hellte sich seine Miene auf. „Ha, der is im Urlaub, is mia grod eingfalln“, sagte er dann, sichtlich erleichtert. „Mia san nämlich Nachbarn, müssen'S wissen.“

„Und wohin ist er gefahren, der Hansi?“

„Nach Kroatien sans gfahrn, er und sei Spezi …“

„Gut, wir überprüfen das“, sagte Gruber und erhob sich. „Aber jetzt schauen wir mal, was die Frau Hochwälder zu sagen hat.“

„Ach, die Laura steht auch auf Ihrer Liste?“, fragte Storch, um sich gleich selbst die Antwort zu geben. „Natürlich, wegen dieser Sektengeschichte …“

Gruber nickte nur.

„Schon traurig, wenn man sein einziges Kind an so einen verrückten Guru verliert …“

„Ja. Haben Sie näheren Kontakt zu ihr?“

„Näheren nicht gerade, aber sie kommt ein- bis zweimal im Monat als Gast hierher, meist mit Freunden aus München … Darf ich Sie nachher zum Essen einladen?“, fragte Storch, nachdem er seine Besucher zur Tür hinausbegleitet hatte. „Als kleine Gegenleistung für Ihre Bemühungen um mein Wohlergehen?“

„Für einen Wurstsalat und ein leichtes Weißbier komme ich gern wieder“, erwiderte Gruber. Er blickte fragend zu Bischoff. „Und du?“

„Mir reicht ein gemischter Salat und ein Wasser …“

Storch zog die Augenbrauen hoch und lächelte ironisch. „Wurstsalat ist zwar nicht gerade meine Spezialität, aber gut, ganz wie Sie möchten. Und vermutlich möchten Sie auch noch bezahlen dafür?“

„Das versteht sich von selbst.“

6

„De Frau Hochwälder wohnt im ehemaligen Pfarrhof", erklärte Prechtl, während er die Beamten über den Dorfplatz führte. „Scho seit über zwanzg Jahr."

„Und sie wohnt da ganz allein?", fragte Bischoff.

„Jetzt scho, aber ned immer. Erst natürlich mit ihrem Buam, und ab und zua war amoi a Mannsbild da."

„Und wie kam sie ausgerechnet auf Beching?", fragte Gruber.

„Ehrlich gsogt, des woaß i nimmer. Mia warn jedenfalls froh drüber, dass sie den oiden Kastn kafft und renoviert hot."

Sie passierten die Kirche und folgten einer schmalen, leicht abschüssigen Straße, die sie vorbei an einigen Bauernhöfen zu einer kleinen, von Bäumen umstandenen Villa am südlichen Ortsrand führte. Neben der Villa lag ein kleiner, teils mit Schilf umgebener Teich, auf dem ein paar Enten herumschwammen. Dahinter erstreckte sich bis zum Waldrand eine Wiese.

„Die reinste Idylle", sagte Bischoff. „Ich glaube, hier könnte ich es auch aushalten."

Die Frau, die ihnen öffnete, hatte wenig Ähnlichkeit mit der Person, die Gruber aus dem Fernsehen bekannt war. Ungeschminkt, mit zerzaustem Haar und in einen nicht gerade neuwertigen Hausmantel gehüllt, ähnelte Laura von Hochwälder eher einer ganz normalen Hausfrau, die gerade beim Putzen gestört worden war. Sie blickte die Beamten erschrocken an.

„Sie kommen wegen Tristan?", stieß sie mit erstickter Stimme hervor. „Ist er tot?"

Als keiner antwortete, rief sie: „Jetzt sagen Sie schon, was ist mit meinem Sohn?"

Jetzt fiel auch bei Gruber der Groschen. „Nein, keine Sorge", erwiderte er. „Wir sind wegen einer anderen Angelegenheit hier." Er zückte seinen Ausweis. „Ich bin Hauptkommissar Gruber von der Kripo Traunstein. Das hier ist meine Kollegin Bischoff ..."

„Es ist nicht wegen Tristan?", wiederholte sie, noch immer ungläubig.

„Na na, bestimmt ned", sagte Prechtl. „Aber mia hättn da was anderes mit Ihnen zu besprechen, wenns recht wär."

„Ja, natürlich. Bitte, kommen Sie herein."

Sie folgten Laura von Hochwälder in das

rustikal eingerichtete Wohnzimmer, und diesmal überließ Gruber es seiner Kollegin, den Grund ihres Kommens zu erklären.

„Ein potentieller Mietkiller auf dem Weg zu mir?", sagte die Schauspielerin daraufhin, erstaunlich gefasst. „Das kann ich mir nicht vorstellen."

„Nun, es ist auch nur eine Vermutung", sagte Gruber. „Aber aufgrund Ihrer Aktivitäten, um Ihren Sohn aus den Klauen dieser Sekte freizubekommen, könnte es natürlich sein, dass diese Leute auf die Idee gekommen sind, Ihnen einen Typ wie den Bieleck auf den Hals zu hetzen."

„Aber doch nicht, um mich gleich umzubringen?"

„Wahrscheinlich nicht, aber wir können nichts ausschließen. Leider ..."

Die Frau nickte mit nachdenklicher Miene. „Ich habe in den letzten Jahren zwar jede Menge Mails und auch Briefe bekommen, in denen ich beschimpft und bedroht wurde, aber sonst ist nie etwas passiert, was mich ernsthaft beunruhigt hätte. Sonst hätte ich das Haus hier wahrscheinlich längst aufgegeben. Also denke ich, dass man zuerst versuchen würde, mich anderweitig zu stoppen, bevor man einen Killer losschickt.

Oder ist das zu rational gedacht, zu logisch …?“ Sie blickte erwartungsvoll zu Gruber.

„Absolut nicht“, erwiderte Gruber. „Aber wie gesagt, solange wir nichts Genaueres wissen, sollten Sie mit allem rechnen und entsprechende Vorsichtsmaßnahmen treffen.“

„Und wie sollten die aussehen, diese Vorsichtsmaßnahmen?“

„Nun ja, am besten wäre es natürlich, Sie würden erst mal verreisen. Oder bei Freunden wohnen …“

„Was auf Dauer aber auch keine Lösung wäre?“

„Das nicht, aber wie gesagt, wir …“

„Könnten Sie der Frau Hochwälder ned Polizeischutz anbieten?“, unterbrach ihn Prechtl. „Des waar doch des Normale bei so oaner Sach, oder?“

„Dafür müsste eine konkrete Gefährdung vorliegen“, widersprach Bischoff. „Und die ist nach dem jetzigen Stand der Dinge nicht gegeben. Leider. Alles, was wir derzeit in die Wege leiten könnten, wäre, dass mehrmals am Tag und natürlich auch nachts eine Zivilstreife die Runde durchs Dorf macht und nach dem Rechten sieht.“

„Mehr ned?"

„Lass gut sein, Max", sagte Hochwälder. „Wenn ich ein ängstlicher Mensch wäre, hätte ich das Haus hier nicht gekauft, oder?"

„Scho. Aber i glaab ned, dass Eahna im Notfall …" Er verstummte abrupt und mühte sich ein verlegenes Lächeln ab.

„Was?", hakte Gruber nach.

„Ah nix. I wollt bloß sogn, dass im Notfall koaner do is …"

„Oder dass der Frau Hochwälder im Notfall eine Waffe auch nicht viel helfen würde?", sagte Gruber, der von etlichen prominenten Personen in der Gegend wusste, die sich nicht gerade legal mit Waffen eingedeckt hatten, sozusagen als heimliches Statussymbol. Er wandte sich der Frau zu: „Also, haben Sie eine Waffe im Haus?"

„Nein, habe ich nicht …"

Es klang nicht sehr überzeugend, aber Gruber ließ es vorerst dabei bewenden.

„Aber ich bin nächste Woche zu Dreharbeiten am Wolfgangsee", sagte Hochwälder weiter. „Da wäre ich dann eh ständig unter Leuten …"

„Umso besser. Dann haben Sie ja noch Zeit,

sich alles zu überlegen", sagte Gruber und erhob sich. „Wir halten Sie jedenfalls auf dem Laufenden. Und noch eins: Sprechen Sie vorerst mit niemandem aus dem Dorf darüber, ja?"

„Natürlich."

Sie verabschiedeten sich, und zurück im Dorf sagte Prechtl unvermutet: „Vielleicht sollten mia no bei unserm neiesten Gemeindebürger vorbeischaun, des is nämlich a ned grod a Unbekannter."

7

Jakob Reiter war genervt. Immer diese Möchtegern-Autoren, die ihre im Selbstverlag herausgebrachten Machwerke groß in der Zeitung besprochen haben wollten.

„Das glaube ich Ihnen gerne", sagte er, „aber wir kriegen so viele Bücher zugeschickt, dass wir beim besten Willen nicht alle vorstellen können. Und offen gesagt, wüsste ich nicht, was man über den Chiemgau noch Neues schreiben könnte."

„Sie haben das Buch also noch gar nicht gelesen?"

„Nein. Dazu fehlt mir leider die Zeit …"

„Okay, das verstehe ich. Aber wenn Sie möchten, könnte ich ja selbst ein paar Zeilen dazu schreiben, die Sie dann zusammen mit dem Cover und einem Foto von mir abdrucken könnten."

Reiter grinste. „Klar, warum nicht. Dann verbinde ich Sie jetzt mit der Anzeigenabteilung, einverstanden?"

Bevor der Mann etwas darauf erwidern konnte, hatte Reiter den Anruf schon weitergeleitet und aufgelegt.

„Schon wieder dieser Tauber?“, fragte Tanja von der Tür her.

„Du sagst es.“

„Und was spricht nun genau dagegen, dass wir sein Buch vorstellen?“

„Weil ich zufällig weiß, dass der Herr Oberstudienrat unser Blatt mal als total überflüssig bezeichnet hat.“

„Oh, das tut natürlich weh …“

Reiter grinste erneut. „Tut es nicht, ganz im Gegenteil.“

„Wieso?“

„Weil ich was falsch machen würde, wenn ein Typ wie dieser unser Blatt gut finden würde, verstehst du?“

„Du bist der Chef …“

„Ein wahres Wort.“

Sein Handy klingelte. „Reiter …?“

„Servus Jakob. Da ist der Willi aus Beching. Hast an Moment Zeit?“

„An Moment immer, aber ned länger …“

„Okay, dann pass auf: Wia i heit Vormittag vom Doktor hoamkimm, wen sieg i da beim Leo, unserm Promi-Wirt, rumsteh? Den Kripochef aus Traunstoa, du woaßt scho, den Kommissar Gruber.“

„Woher kennst du denn den Gruber?"

„Aus der Zeitung, woher sonst? Der war doch de letzten Jahr a paar Mal drin."

„Okay, und weiter?"

„Na ja, zuerst hob i dacht, hod a wieda wos ausgfressn, der oide Suppenbrunzer. Aber dann sans zu derer Fernsehschnepfn rüberganga, du woaßt scho, de Laura …

„Ich kenn die Dame", sagte Reiter. „Aber wer san sie?"

„Ah so, oiso der Gruber, so a Blonde um die vierzge und da Max, unser oida Bürgermoasta."

„Aha, und dann?"

„Na ja, bei derer warns dann a Zeitlang, und dann sans no zu unserm Professor. Der war aber ned da …"

„Was für ein Professor denn?"

„Ah so, so Biacherschreiber, der erst vor drei oder vier Wocha herzogn is und beim Loipfinger im Zuhaus wohnt. Der war aber ned dahoam."

„Okay, und weiter?"

„Nix weida. Nachher sans wieder zum Leo ganga und ham da im Biergarten mittaggessn."

„Und du woaßt nix davon, dass bei eich im Dorf irgendwas Besonders vorgefallen wäre?"

„Eben ned, des dad i wissn ...“

„Hm ...“

„Aber los muaß wos sei, des is doch klar. I moan, des schaut mi doch glatt nach ...“ Er suchte kurz nach Worten, „nach a Gefahrenlage aus, dad i sogn.“

„A Gefahrenlage, so so.“ Reiter schmunzelte.

„Moanst ned?“

Reiter überlegte kurz. Das roch nach einer Story, keine Frage. Der Chefermittler der Traunsteiner Kripo zu Besuch bei den drei bekanntesten Bürgern eines Kaffs wie Beching, da war garantiert etwas am Kochen. Waren die drei vielleicht in eine unsaubere Sache verwickelt? Vielleicht was mit Drogen? Oder mit Schwarzgeld? Oder gar was mit Kindern? Aber gleich alle drei und dann auch noch gleichzeitig! Und wäre die Polizei dann nicht ganz anders aufgetreten, mit großem Aufgebot, Spürhunden, Hausdurchsuchung und so weiter, statt bei einem der Verdächtigen gemütlich Mittag zu essen? Nein, das konnte es nicht sein. Aber was dann? Vielleicht doch eine Gefahrenlage, wie der Willi vermutet hatte? Irgendeine prekäre Situation, die drohte, und auf die man die Promis zuerst aufmerksam machen wollte, damit sie rechtzeitig Leine ziehen konnten? Nein, das ergab auch keinen Sinn. Aber irgendwas war los in dem Kaff, und damit ein echter Knüller, sollte er der Sache auf die Spur kommen, bevor sie offenkundig wurde, bevor die Behörden damit herausrückten. Zumal bereits Montag war, und er noch immer keine Titelstory für die Ausgabe dieser Woche hatte.

„Wos is jetzt?“, fragte Willi. „Soi i mi jetzt weida umhearn oder ned?“

„Unbedingt. Aber unauffällig, wenn's geht …“

„Logisch. Aber umsunst is da Toad, wennst verstehst, wos i moan …“

„Ja, ja. Wenn du das nächste Mal in Traunstein bist, kommst du vorbei und wir regeln das.“

Reiter legte das Handy vor sich auf den Schreibtisch, steckte sich eine Zigarette an und rief nach Tanja.

„Was wünscht der Chef?“

„Den Polizeibericht von heute. Und zwar pronto.“

„Da war nicht viel“, erwiderte Tanja. „Wieder mal ein Unfall auf der Autobahn bei Siegsdorf und ein Mann, den man gestern Abend zwischen Übersee und Grassau tot in seinem Wagen gefunden hat."

„Wie, tot?"

„Na ja, verstorben halt. Exitus finitus. Möglicherweise an einem Herzinfarkt, steht im Bericht."

Reiter lehnte sich zurück und zog bedächtig an seiner Zigarette. Konnte das die Verbindung sein? Oder vielleicht sogar die Ursache der ganzen Aufregung? War der Mann vielleicht krank gewesen? Etwa erkrankt an einem hochgefährlichen Virus, vor dem man die Promis zuerst warnen wollte? Aber hätte man dann nicht einen Arzt statt der Bullen losgeschickt? „Herzinfarkt, so, so …", wiederholte er.

„Ja. Soll ich dir die Mail bringen?"

Reiter schüttelte den Kopf. „Warst du schon mal in Beching?", fragte er nach einer Pause.

„Nein. Wo liegt denn das überhaupt?"

„Ein paar Kilometer hinter Marquartstein …"

„Und wieso?"

„Weil da irgendwas vor sich geht."

8

„Ich schau gleich mal, ob die bei der Technik schon was über die zwei Handys vom Bieleck herausgefunden haben", sagte Bischoff, sobald sie den Vorraum der Polizeiinspektion betreten hatten. Gruber nickte nur, und Bischoff verschwand um die Ecke. Gruber stieg die Treppe hoch und stieß auf Dr. Werner, die gerade den Flur entlangkam.

„Schon weitergekommen?", fragte sie.

„Eigentlich nicht …", erwiderte Gruber.

„Und jetzt?"

„Na ja, wir können das Dorf schlecht unter Polizeischutz stellen, aber irgendwas in der Richtung müssen wir wohl unternehmen, bevor uns etwas Besseres einfällt. Könnte ja sein, dass sich ein Nachfolger für den Bieleck einfindet."

„Gut. Dann bis später."

Gruber betrat das Büro, das er sich mit Bischoff teilte, öffnete das Fenster einen Spalt breit und setzte sich dann an seinen Schreibtisch. Doch statt seinen PC einzuschalten, lehnte er sich zurück und starrte die Wand an. Er dachte an die Worte des Zahnarztes. War es wirklich so einfach, seinen Beruf aufzugeben und als Rentner in den Tag hinein zu leben? Plötzlich nicht mehr gefragt zu sein, keine Verantwortung mehr zu haben? Sich wie sein Nachbar, der Alois, nur noch für seinen Gemüsegarten und seine Verdauung zu interessieren?

Das Klingeln des Telefons auf seinem Schreibtisch schreckte ihn auf.

„Gruber …?"

„Hallo Herr Kollege. Hier ist Hauptkommissar Brennicke von der Frankfurter Kripo. Abteilung Organisiertes Verbrechen."

„Sehr erfreut …"

„Ich habe heute Morgen schon mit Ihrer Kollegin Bischoff gesprochen, Sie wissen schon, über unseren Freund Marius Bieleck."

„Ich weiß, ja …"

„Haben Sie inzwischen herausgefunden, was er bei Ihnen in der Gegend gesucht hat?"

„Leider nein."

„Und die genaue Todesursache, steht die schon fest?"

„Noch nicht, aber die müssten wir spätestens morgen erfahren …"

„Nun, wir haben uns inzwischen in seiner Wohnung umgesehen, aber nichts entdeckt, was uns, beziehungsweise Ihnen, weitergeholfen hätte. Allerdings auch nichts, was irgendwie wertvoll oder sonst von Bedeutung wäre. Was wohl heißt, dass er noch eine andere Bleibe hatte, von der wir nichts wissen."

„Genau das habe ich befürchtet. Und wie sieht es mit Freunden aus oder einer Freundin?"

„Bis jetzt auch Fehlanzeige. Aber wir werden natürlich weiter nachforschen und Sie sofort informieren, falls wir auf etwas Interessantes stoßen. Und lassen Sie uns doch umgehend seine Handydaten zukommen, ja?"

„Machen wir, und besten Dank vorerst."

Gruber legte auf und starrte wieder die Wand an, bis nach wenigen Sekunden erneut das Telefon klingelte.

„Ein Herr Reiter vom ‚Chiemgau-Kurier' möchte Sie sprechen", sagte die Mitarbeiterin von der Telefonzentrale.

Gruber zögerte kurz. War schon etwas durchgesickert? Vielleicht durch den jungen Mann, der Bieleck entdeckt hatte? Oder durch den Notarzt und die Sanitäter? Die waren zwar einiges gewöhnt, aber ein Toter mit einer Pistole im Schulterhalfter ...

„Okay, stellen Sie durch."

„Grüß Sie, Herr Kommissar. Entschuldigen Sie die Störung, aber ich hätte da eine Frage bezüglich des Toten von gestern Abend auf der Straße zwischen Übersee und Grassau."

„Alles, was es momentan dazu zu sagen gibt, steht im Polizeibericht."

„Da steht aber nur, dass er tot in seinem Auto aufgefunden wurde, vermutlich den Folgen eines Herzinfarkts erlegen …"

„Richtig."

„Ein bisschen vage, finden Sie nicht?"

„Schon möglich, aber solange uns das Ergebnis der Obduktion nicht vorliegt, können wir nicht mehr dazu sagen."

„Aber Sie können mir sicher sagen, wer der Mann war und woher er gekommen ist?"

„Tut mir leid, aber darüber kann ich Ihnen keine Auskunft geben."

„Und wieso nicht?"

Gruber räusperte sich. Er kannte den Chef-Redakteur des „Chiemgau-Kurier" als recht umtriebigen Reporter, der bei Pressekonferenzen kein Blatt vor den Mund nahm und sich auch sonst wenig darum scherte, ob er sich beliebt machte oder nicht. Allein schon, wie er im

Frühjahr die Planung der für 2022 in Traunstein geplanten Landesgartenschau zerpflückt hatte, hatte für Aufsehen gesorgt.

„Na schön“, sagte Gruber nach einer Pause betont bedeutungsvoll, „es handelt sich zwar um laufende Ermittlungen, aber wenn Sie es unbedingt wissen wollen: Der Mann war mit gefälschten Papieren unterwegs. Und deswegen können wir im Augenblick auch nicht sagen, um wen es sich dabei gehandelt hat.“

„Das heißt dann wohl, dass die Überprüfung seiner Fingerabdrücke auch nichts ergeben hat?“

„Sie sagen es.“

„Und sein Wagen?“

„Hören Sie, sobald wir mehr wissen, bekommen Sie umgehend die entsprechenden Informationen. Aber im Moment müssen Sie sich damit zufrieden geben. Einverstanden?“

„Na gut. Aber ich verlasse mich auf Sie.“

Gruber legte auf. Im selben Moment betrat Bischoff das Büro. Ihrem Gesichtsausdruck war abzulesen, dass die Überprüfung der Mobiltelefone vorerst nichts ergeben hatte, was ihnen weitergeholfen hätte. „Die Auswertung läuft noch“, sagte sie, während sie sich an ihren Schreibtisch setzte. „Aber wir kennen ja die Praktiken: Die besorgen sich die Dinger irgendwo, benutzen sie einmal und werfen sie dann weg."

Gruber nickte nur.

„Ich habe auch gleich beim Toni vorbeigeschaut und gefragt, was mit diesem Hansi Baumgartner war."

„Und, etwas herausgefunden?"

„Nichts Dramatisches. Der Junge war Mitglied einer kleinen Kifferrunde von Burschen aus dem ganzen Tal, die von ihrem Dealer, einem Libanesen aus Rosenheim, verraten wurden, als der in die Bredouille geriet."

„Verstehe …"

„Und jetzt?"

„Überprüfen wir erstmal alle Einwohner von Beching, soweit möglich. Vielleicht ergibt sich da etwas."

9

Auch Jakob Reiter fuhr im Schritttempo weiter, nachdem er den Ortsrand von Beching passiert hatte. Er war mit den Örtlichkeiten zwar bestens vertraut, seit er mit Laura von Hochwälder in Kontakt stand, die immer für eine Story gut war, aber dieses Mal schaute er sich besonders genau um. Doch so sehr er sich auch bemühte, er konnte nichts Auffälliges feststellen. Alles schien wie immer zu sein. Vor einem Haus der Neubausiedlung spielten ein paar Kinder, irgendwo bellte ein Hund, und von einem Feld her war das Motorengeräusch eines Traktors zu hören. Ländliche Idylle pur. Er hielt nach Willi Ausschau, konnte den Mann aber nirgends entdecken. Nur ein älteres Touristenpärchen war zu sehen, das in Freizeitbekleidung und mit Wanderstöcken bewaffnet soeben um eine Hausecke verschwand, um einen der hinter dem Dorf liegenden Hügel zu erklimmen.

Auf dem Dorfplatz angekommen, parkte er an der Friedhofsmauer ein und stieg aus. Er war noch immer unentschlossen, wen er sich zuerst vornehmen sollte, die Hochwälder oder den

Ex-Sterne-Koch, mit dem er ebenfalls gut bekannt war, seit er über dessen Neueröffnung vor knapp einem halben Jahr groß berichtet hatte. Er schlenderte über den Dorfplatz, winkte einem Radfahrer zu und wandte sich, nachdem er sich erneut prüfend umgeblickt hatte, in Richtung des alten Pfarrhofs. Besser erst die Hochwälder, sagte er sich, die würde er leichter um den Finger wickeln können.

Er behielt recht. Die Schauspielerin war sichtlich erfreut, ihn zu sehen, und bat ihn sofort ins Haus. Reiter grinste zufrieden. Nun machte es sich bezahlt, dass er immer ein offenes Ohr für ihre Sorgen und Anliegen gehabt hatte.

„Sie können sich vermutlich denken, warum ich hier bin …“, sagte Reiter, sowie sie das Wohnzimmer betreten hatten.

Die Frau nickte mit nachdenklicher Miene. „Ja, schon. Ich wusste nur nicht, dass auch schon die Presse Bescheid weiß. Die Herrschaften von der Polizei haben nämlich ziemlich geheimnisvoll getan.“

„Das machen sie immer, ist quasi eine Berufskrankheit. Aber keine Sorge, ich bin auch nicht als Journalist hier. Jedenfalls nicht in erster Linie. Ich wollte eigentlich nur wissen, wie Sie damit umgehen. Und ob ich Ihnen vielleicht irgendwie behilflich sein kann."

„Das ist sehr nett von Ihnen …"

„Ist doch selbstverständlich."

Die Frau bat Reiter, auf der Couch Platz zu nehmen. Sie setzte sich Reiter gegenüber in einen Sessel und blickte ihn mit nachdenklicher Miene an. „Wie ich damit umgehe, möchten Sie wissen?"

„Ja, natürlich."

„Nun, wie würden Sie denn reagieren, wenn Sie erfahren, dass möglicherweise ein bezahlter Killer auf dem Weg zu Ihnen war, der aber zum Glück das Pech hatte, dass er unterwegs einem Herzinfarkt erlegen ist."

Reiter hatte Mühe, seinen Triumph zu verbergen. Deswegen also die Geheimnistuerei der Polizei. Aber das würde er dem Gruber heimzahlen. Gefälschte Papiere und so. Wie gut, dass er diesen Blödsinn nicht geglaubt hatte. Nun brauchte er nur noch den Namen des Killers, und die Story wäre perfekt. Er nickte mitfühlend und sagte, sorgfältig darauf bedacht, jedes Wort, jede Frage genau zu wählen: „Eigentlich unglaublich, dass diese Leute so weit gehen würden. Aber das war ja schon immer Ihre Sorge, dass diese Sekte im Grunde nichts weiter als ein Verbrecherverein ist."

„Allerdings."

„Aber Sie sagten: möglicherweise. Heißt das, dass sich die Polizei nicht sicher ist, dass es der Kerl auf Sie abgesehen hatte?"

„Nein. Im Grunde wissen sie nur, dass auf seinem Navi Beching als Zielort eingegeben war."

„Dann könnte er theoretisch auch hinter jemand anderem her gewesen sein?"

„Theoretisch ja."

„Vielleicht hinter dem Leo, wegen dieser Immobiliengeschichte?"

„Ja. Aber soviel ich mitbekommen habe, glaubt der Leo selbst nicht an diese Möglichkeit."

„Hm, und was werden Sie jetzt unternehmen? Ich nehme an, die Polizei hat Ihnen Polizeischutz angeboten."

„Schön wär's. Aber dazu müsste eine konkrete Gefährdung vorliegen, haben sie gemeint. Außerdem, was nützt mir ein vor dem Haus postierter Streifenwagen? Nicht sehr viel, würde ich sagen."

Reiter nickte. „Da haben Sie vermutlich recht, fürchte ich …“

„Abgesehen davon würde das die Sache nur aufschieben und nicht aus der Welt schaffen, oder?“

„Ja, auch wieder wahr.“

„Wenn ich nur wüsste, was genau der Kerl von mir wollte. Ich meine, wenn er mir nur drohen oder mich sonst wie in die Enge treiben wollte, damit würde ich schon fertig werden, glaube ich. Aber wenn er wirklich den Auftrag hatte, mich umzubringen, dann sitze ich echt in der Klemme, würde ich sagen … Entschuldigen Sie, möchten Sie vielleicht einen Kaffee?“

„Gerne.“

„Gut. Dann gehen wir doch in die Küche.“

Reiter erhob sich und folgte der Frau in die Küche, wo er neben einer Tasse Kaffee auch ein paar trockene Kekse angeboten bekam. Er würgte zwei Stück davon hinunter und sagte: „Na ja, zum Glück ist dieser Kommissar Gruber ja ein recht tüchtiger Mann, soviel ich gehört habe. Dem gelingt es sicher, jetzt, wo der Kerl tot ist, das Komplott aufzudecken und diesem Guru und seinen Anhängern kräftig in die Parade zu fahren.“

„Schon. Das Dumme ist nur, dass die alle inzwischen in Portugal sitzen …“

„Sicher, aber wofür gibt es Interpol. Hat man Ihnen denn verraten, was der Kerl so alles auf dem Kerbholz hatte?“

„Nicht genau. Nur dass er eben für andere, größere Gangster die Drecksarbeit erledigt.“

„Und der Mann war Ihnen völlig unbekannt?“

„Nun ja, ich habe ihn nicht gesehen …“

„Ich meine, sein Name hat Ihnen nichts gesagt?“

„Marius Bieleck? Nein.“

Na endlich. Reiter war zufrieden. Den Rest würde sein Schulfreund Rudi übernehmen müssen, „sein Bulle“ in der Polizeidirektion Rosenheim. Er stellte seine Tasse auf dem Küchentresen ab und trat ans Fenster, um einen Blick auf den Weiher hinter dem Pfarrhof zu werfen. „Was haben Sie jetzt vor? Wollen Sie trotzdem hier bleiben und auf das Beste hoffen?“

„Ich weiß noch nicht. Vielleicht …“

Reiter wechselte noch ein paar belanglose Sätze mit der Frau, verabschiedete sich und eilte zurück zu seinem Wagen. Bei Rudi meldete sich nur die Mailbox und er bat dringend um einen Rückruf. Kurz vor Traunstein war es endlich soweit.

„Wos mechst scho wieda?“

„Ned vui. Nur a kloane Information. Genauer gsogt, ois über an gewissen Marius Bieleck. Wia man den Bieleck schreibt, woaß i ned genau. Probier einfach ois durch, mit i und ie, mit k und ck.“

„Und wia kommst du auf die Idee, dass der bei uns im System is?“

„Schau nach, dann woaßt es.“

„Des kostet di aber wos …“

„Wia waars mit a kostenlosen Anzeige in der Rubrik Heirat und Bekanntschaften?“

„So vui i woaß, bin i scho verheirat.“

„Aber mit da Falschn, so vui i bisher mitkriagt hob.“

„Arschloch …“

„Gern gschegn. Also, i erwart deinen Anruf.“

10

„Was machst du denn hier?“ Ingrid blickte Gruber erstaunt an.

„Ich wollte dich abholen, was sonst?“, erwiderte Gruber irritiert.

„Du hast es also doch vergessen!“

„Was vergessen?“

„Meinen Stammtisch heute Abend. Ich habe dich gestern extra noch mal daran erinnert, dass die Sommerpause vorbei ist und wir uns wieder am zweiten Montagabend im Monat treffen.“

Gruber verzog das Gesicht. „Ach ja, richtig …“

Ingrid kam um den Verkaufstresen herum und drückte Gruber einen Kuss auf den Mund. „Jetzt schau nicht so belämmert. Ist doch nur einmal im Monat. Aber ich brauche diesen Austausch. Schau, du hast den ganzen Tag deine Kollegen um dich, aber wen habe ich?“

„Jede Menge Kundschaft, hoffe ich.“

Jetzt war es Ingrid, die das Gesicht verzog. „Ja, von denen die meisten aber nur schauen und dann sagen, ich überleg's mir noch mal …“

Gruber nickte unwillig und wollte gerade fragen, ob sie im Lauf der Woche vielleicht mal ins Kino gehen könnten, als er bemerkte, wie der Blick seiner Frau an ihm vorbei zur Tür schweifte. Er drehte sich zur Seite und sah eine unscheinbare, etwa vierzigjährige Frau mit einer riesigen Umhängetasche über der rechten Schulter, die vor der Ladentür stand und Ingrid zuwinkte.

„Das ist die Petra", erklärte Ingrid und winkte der Frau zu, doch in den Laden zu kommen. „Die hat gleich gegenüber jetzt ihre eigene Praxis eröffnet …"

„Eine Praxis für was?"

„Coaching, Antistress-Training, Verhaltenstherapie und so Sachen."

„Hallo Ingrid", sagte Petra hinter Gruber. „Ich warte dann vorne in der ‚Cortina' auf dich."

„Darf ich vorstellen", sagte Ingrid, „mein Mann …"

„Ahhh, der Herr Kriminalkommissar. Freut mich, Sie endlich kennenzulernen. Wir haben schon viel von Ihnen gehört."

Gruber ergriff die ausgestreckte Hand und sagte: „Und was haben Sie so gehört?"

„Vertragen Sie auch die Wahrheit?"

„Sofern es keine noch nicht aufgedeckte Lüge ist …"

„Ui, jetzt haben Sie mich aber erwischt."

Gruber blickte wieder zu Ingrid: „Na dann, noch viel Spaß."

Wieder draußen, blieb er kurz stehen und blickte zum Stadtplatz. Schade um den schönen Spätsommerabend. Und er war schon an der Treppe, die zum Karl-Theodor-Platz hinabführte, als sein Handy klingelte.

Die Zentrale.

„Gruber ...?"

„Ein Herr Reiter vom ‚Chiemgau-Kurier' ist in der Leitung und sagt, dass er Sie unbedingt sprechen muss ..."

„Gut, stellen Sie durch."

„Also ich muss sagen, Herr Kommissar, ich bin enttäuscht von Ihnen", sagte Reiter. „Hätten Sie mir gleich verraten, dass ein berüchtigter Krimineller namens Marius Bieleck auf dem Weg nach Beching war, dann hätte ich mit mir reden lassen, aber so wüsste ich nicht, was mich jetzt noch davon abhalten sollte, die Story zu bringen ..."

Gruber stöhnte auf. Wie hatte dieser Blödmann das nur herausgefunden? „Was für eine Story denn?", fragte er.

„Na die, dass dieser Bieleck bestimmt nicht

nach Beching unterwegs war, um dort Urlaub zu machen …"

„Sondern?"

„Sondern, dass der Mann die Absicht hatte, dort jemandem auf die Füße zu treten, und zwar kräftig bis tödlich, würde ich sagen. Oder weswegen haben Sie all die Leute dort aufgesucht, den Leo Storch, die Hochwälder, diesen Professor?"

„Woher wollen Sie das wissen?"

„Es stimmt also?"

„Ja, aber was die Hintergründe angeht, kann es genauso gut sein, dass es eine ganz andere, vielleicht völlig harmlose Erklärung dafür gibt. Also lassen Sie lieber die Finger davon. Sie würden damit nur für Unruhe sorgen, vielleicht sogar für Panik …"

„Das sehe ich anders. Ich meine, es könnte doch auch sein, dass dieser Bieleck hinter einem anderen Dorfbewohner her war, der nichts von der Gefahr ahnt, in der er sich befindet."

Da hatte Reiter nicht ganz unrecht, musste sich Gruber eingestehen. Falls sie bzw. die Frankfurter Kollegen nicht rasch herausfanden, wer oder was hinter Bielecks Auftauchen steckte, müssten sie die Leute im Dorf über die mögliche Bedrohung natürlich informieren. Zumal sie dann auch davon ausgehen müssten, dass mit Bielecks Tod die Sache nicht erledigt war, dass sich eventuell ein Nachfolger einfinden würde. Die Frage war nur, ob ein Zeitungsartikel in einem Blatt wie dem „Chiemgau-Kurier" der richtige Weg war, um hier für Aufklärung zu sorgen?

„Das kann schon sein", sagte er. „Trotzdem möchte ich nicht, dass die Sache jetzt schon an die große Glocke gehängt wird. Das würde unsere Ermittlungen nur erschweren."

„Tja, wie gesagt, hätten Sie gleich Klartext gesprochen, wäre das vielleicht kein Problem. Aber so weiß ich nicht, ob ich darauf Rücksicht nehmen kann. Einen schönen Abend noch."

Gruber steckte sein Handy wieder ein und lief die Treppe hinab zum Parkplatz. So ein Mist. Aber wo sollten sie ansetzen? Die Überprüfung der Einwohner von Beching hatte bisher nichts ergeben, was ihnen weitergeholfen hätte. Einige waren zwar vorbestraft, aber nur wegen Kleinkram wie leichte Körperverletzung oder Versicherungsbetrug. Ein paar weitere hatten Ärger mit dem Finanzamt oder ungewöhnlich hohe Schulden bei der Bank, aber bei keinem hatten sich Anhaltspunkte für Verbindungen ins kriminelle Milieu ergeben.

An seinem Wagen angekommen, überlegte er kurz, ob er vielleicht allein ins Kino gehen sollte. Nur zur Ablenkung. Aber dann fiel ihm die Biografie von Ambrose Bierce ein, die ihm Ingrid vor Kurzem geschenkt hatte, und er fuhr nach Hause. Dort angekommen, erblickte er zu seiner Überraschung einen roten, auf Hochglanz polierten Audi quattro, der neben der Zufahrt zur Garage geparkt war. Zu sehen war niemand. Er stellte den Motor ab und tastete unwillkürlich nach dem Griff seiner Heckler & Koch. Doch bevor er mehr unternehmen konnte, kam eine Frau um die Hausecke und winkte ihm freudig zu. Eine schlanke Frau um die sechzig mit kurzem, strohblondem Haar, die er anders in Erinnerung hatte: nicht so schlank und mit bereits ergrautem, knapp schulterlangem Haar.

Evi.

Seine erste Frau, von der er seit über zehn Jahren geschieden war.

Gruber stieg aus und mühte sich ein Lächeln ab. „Was ist denn mit dir passiert?“, sagte er. „Ich hätte dich fast nicht erkannt.“

„Gefällt dir meine neue Frisur nicht?"

„Doch. Steht dir ganz gut. Und abgenommen hast du auch, wie ich sehe."

„Sehr charmant formuliert." Sie klopfte Gruber mit dem Handrücken gegen den Bauch. „Würde dir auch gut tun, mein Lieber ..."

„Und was machst du hier?"

„Ich war heute bei der Ingrid im Laden, und da hat sie mir von ihrem Stammtisch erzählt. Und da dachte ich, das wäre eine gute Gelegenheit, dich mal für mich allein zu haben."

„So, dachtest du!" Gruber schob die Frau von sich weg und deutete zu dem Audi. „Hast du im Lotto gewonnen, oder zahle ich dir zu viel Unterhalt?"

„Weder noch. Hat mir eine Nachbarin, die nach München umzieht, günstig verkauft. Und da dachte ich, wir fahren ein bisschen durch die Gegend damit. So wie damals, du weißt schon ..."

Gruber musterte sie aus dem Augenwinkel. Die neue Frisur stand ihr wirklich gut. Richtig schick sah sie aus, sehr schick sogar.

„Was ist mit dem Gregor?", fragte er.

„Ach der. Der ist Geschichte. Schon seit über einem halben Jahr."

„Und wieso?"

„Weil er …" Sie winkte ab. „Ach, das willst du gar nicht wissen."

Umso besser, dachte Gruber.

„Also, was ist jetzt, fahren wir ein bisschen herum?"

Gruber legte seiner Exfrau kurz die Hand auf die Schulter und sagte: „Weißt du was: Ich würde vorschlagen, du steigst jetzt wieder in deinen schicken neuen Wagen da und lässt mich allein. Okay?"

„Hast du Angst, die Ingrid könnte davon erfahren?"

„Nein, weil wenn, würde sie es von mir erfahren."

„Na schön, wie du meinst. Aber du warst ja schon immer ein Spielverderber …"

11

„EIN DORF IN ANGST"

Gruber starrte ungläubig auf die Schlagzeile, konnte es nicht fassen. So ein Depp, dieser Reiter! Er unterdrückte den Impuls, die Zeitung in die Ecke zu feuern, und zwang sich zum Weiterlesen: „Es muss ein einsamer Tod gewesen sein, der Marius B. vergangenen Sonntagabend ereilt hat. Unterwegs auf der Straße zwischen Übersee und Grassau erlitt der 51-jährige Mann aus Frankfurt/Main am Steuer seines Wagens einen Herzinfarkt, dem er noch an Ort und Stelle erlag. Das gab jedenfalls die Polizei bekannt. Doch es war ein Tod, der möglicherweise ein Leben gerettet hat. Denn Marius B. war kein harmloser Urlauber oder Geschäftsreisender, sondern ein mehrfach vorbestrafter Krimineller mit besten Verbindungen zu Frankfurter Unterweltkreisen. Aber dem nicht genug: Marius B. war nämlich, wie Recherchen des Chiemgau-Kuriers ergeben haben, bewaffnet auf dem Weg nach Beching. Was die schwerwiegende Frage aufwirft: Was wollte der Gangster in dem kleinen, friedlichen Dorf zwischen Marquartstein und Unterwössen? Urlaub machen? Einen Freund besuchen? Eher unwahrscheinlich. Vielmehr ist anzunehmen, dass er ‚beruflich' unterwegs war, dass er in Beching einen Auftrag, vielleicht sogar einen Mordauftrag, ausführen sollte. Was logischerweise zu einer weiteren Frage führt: Wer sollte das Opfer des Killers werden? Die Polizei hüllt sich bislang, trotz intensiver Nachfragen des Chiemgau-Kuriers, in Schweigen und hat offensichtlich auch noch keine Maßnahmen getroffen, um die Dorfbewohner zu schützen.

Jakob Reiter."

Gruber ignorierte das Klingeln des Telefons auf seinem Schreibtisch und blickte zu Bischoff, die ebenfalls ein Exemplar der Ausgabe vor sich liegen hatte.

„Tja, jetzt haben wir den Salat", sagte Gruber.

„Fahren wir hin? Ich meine, jetzt gleich?"

„Müssen wir wohl. Auch wenn ich keine Ahnung habe, was ich den Leuten erzählen soll."

Eine Sorge, die sich als berechtigt herausstellen sollte, denn Gruber und Bischoff waren kaum aus ihrem Wagen gestiegen, da kam die kleine Menschenschar, die sich vor dem

Gasthaus versammelt hatte, auch schon auf sie zu. Allen voran Ex-Bürgermeister Prechtl, der gleich zu Gruber sagte: „Sie, i hob diesem Reporter fei nix gsogt."

„Das glaube ich Ihnen gerne", erwiderte Gruber. „Aber irgendwer muss geplaudert haben, oder?" Und an alle gewandt: „Hören Sie, ich denke, es gibt keinen Grund zur Beunruhigung. Wenn dieser Bieleck wirklich hierher unterwegs war, um jemandem Schaden zuzufügen, dann bestimmt nicht aus persönlichen Gründen, sondern weil er einen Auftrag dazu hatte. Also gibt es auch einen Auftrageber, und den werden wir ausfindig machen …"

„Was Sie aber nicht versprechen können", merkte ein älterer Mann an.

„Ich verspreche grundsätzlich nichts", sagte Gruber. „Aber ich kann Ihnen versichern, dass wir alles unternehmen werden um herauszufinden, warum dieser Bieleck hier in der Gegend aufgetaucht ist."

„I glaab aber ned, dass se de in Frankfurt obn an Haxn ausreißn, nur weil so a krimineller Grattler bei uns da herunt an Löffel abgebn hot", wandte ein anderer ein.

„Machen Sie sich da mal keine Sorgen …"

„Waars ned gscheiter, Sie daden erst amoi rausfinden, wer des is, hinter dem der Kerl her war?", wollte ein weiterer Mann wissen.

„Sicher. Aber so einfach ist das nicht."

„Und wieso ned?"

„Weil wir nicht über jeden Einwohner Ihres hübschen Dorfes Bescheid wissen."

„Dann müssen'S hoit bei eahnane Kollegen vom Geheimdienst nachfrogn, de wissen bestimmt wos."

„Danke für den Tipp. Sonst noch Vorschläge?"

„Wenns wegen derer bleden Schauspielerin war", meldete sich eine Frau zu Wort, „dann dad i sogn, de soid abhaun, dann hamma wieda unser Ruah."

„Recht host, Liesi ..."

Bevor Gruber darauf eingehen konnte, drängte sich ein Kamerateam vom Regionalfernsehen an die Beamten heran. „Übernimm du das bitte", sagte Gruber zu Bischoff und ging weg, hinüber zu Leo Storch, der mit verschränkten Armen vor der Tür des Gasthofs stand und mit unbeteiligter Miene den Auflauf beobachtete.

„Bin schon gespannt, was Sie jetzt unternehmen werden, Herr Kommissar", sagte er.

„Erstmal gar nichts“, erwiderte Gruber. „Oder haben Sie eine Idee?“

„Nicht unbedingt. Ist jedenfalls eine komplizierte Situation, oder?“

„Das können Sie laut sagen.“

„War’s denn nun ein Herzinfarkt, an dem dieser Bieleck gestorben ist?“

Gruber nickte. „Ja, eindeutig.“

„Einen Lichtpunkt gäbe es ja …“, sagte Storch dann unvermutet.

„Ach ja. Und der wäre?“

„Dass die Person, der dieser Bieleck auf die Pelle rücken wollte, jetzt die Flucht ergreift. Dann wären Sie das Problem los.“

„Schön wär’s. Und wenn nicht?“

Bevor Storch antworten konnte, bemerkte Gruber den BMW mit Jakob Reiter am Steuer, der eben an der Friedhofsmauer zum Stehen gekommen war. Er ging auf den Wagen zu und stellte sich vor Reiter auf.

„Ich muss schon sagen, Sie haben Nerven“, fuhr er Reiter an. „Dass Sie sich noch hierher trauen.“

„Wieso denn nicht? Ich finde, die Leute hatten ein Recht darauf, zu erfahren, in welcher Gefahr sie sich befinden.“

„Blödsinn. Alles, was Sie mit Ihrem bescheuerten Artikel erreicht haben, ist, dass Sie Misstrauen gesät haben. Was glauben Sie denn, was jetzt passiert? Die werden jetzt doch alle damit anfangen, ihre Nachbarn zu verdächtigen. Die werden sich alle fragen, wer von ihnen Dreck am Stecken hat, wer etwas so Schlimmes verbrochen haben könnte, dass man einen Killer angesetzt hat."

„Na und? So ist die Lage nun mal. Ich bin doch nur der Bote, der die schlechte Nachricht überbracht hat."

„Aber wie …"

„Seien Sie lieber froh, dass ich Ihre etwas fragwürdige Rolle bei dem Ganzen nicht erwähnt habe."

„Wie soll ich das denn verstehen?"

„Na, Sie haben doch nur die Promis und den Prechtl gewarnt und sonst niemanden, oder?"

„Und wenn schon. Hätten wir vielleicht von Haus zu Haus gehen und fragen sollen: Entschuldigen Sie bitte, aber könnte es sein, dass jemand einen Grund hat, einen bezahlten Killer auf Sie anzusetzen? Das ist doch Schwachsinn."

„Besonders hilfreich war der Artikel jedenfalls nicht“, sagte Leo Storch, der sich mittlerweile zu ihnen gesellt hatte.

„Ich glaube nicht, dass es die Aufgabe der Presse ist, hilfreich zu sein“, erwiderte Reiter. Und zu Gruber gewandt: „Aber vielleicht haben Sie ja Glück, und die betreffende Person haut jetzt ab.“

„Ich sehe jetzt mal nach, was die Hochwälder macht“, sagte Gruber und wandte sich ab. Er ging mit raschen Schritten die Straße hinab zum alten Pfarrhof. Laura von Hochwälder sah ihn kommen und stand bereits vor der Tür, als er das Haus erreichte.

„Ich dachte, Sie wollten die Sache vorerst diskret behandeln?“, fragte sie.

„Wollte ich auch, aber dieser Reiter hat irgendwie Wind davon bekommen und war nicht zu stoppen. Tut mir leid … Und Sie, wissen Sie schon, was Sie jetzt machen werden?“

„Ich habe vorhin mit dem Produzenten telefoniert. Der Dreh am Wolfgangsee ist abgesagt. Aber ich bekomme eine Rolle in einem Film, der demnächst in Namibia gedreht wird. Bis dahin wohne ich bei Freunden, weit weg von hier …“

Gruber nickte. „Sehr gut. Das verschafft uns etwas Zeit …“

„Zeit wofür? Glauben Sie, Sie finden noch heraus, wem der Anschlag gelten sollte?“

Eine Frage, auf die Gruber auch keine Antwort parat hatte.

12

Leicht erschöpft vom Aufstieg, stützte sich Gruber an einem Baumstamm ab und atmete ein paar Mal tief durch, ehe er auf den kleinen Felsvorsprung trat, der hier aus dem Hang herausragte. Er blickte nach unten und musste Prechtl, der ihm die Stelle empfohlen hatte, Recht geben. An diesem Punkt lag einem das Dorf tatsächlich zu Füßen, hatte man selbst ohne Fernglas einen prächtigen Überblick. Vielleicht sollte man hier einen Wachtposten einrichten, überlegte Gruber, während er einen Schokoriegel aus seiner Jackentasche holte und sich ein Stück davon in den Mund schob. Zwar war in den zwei Tagen, die seit Reiters Artikel verstrichen waren, nichts Ungewöhnliches passiert. Aber würde das auch so bleiben? Würde die Sache letztendlich im Sand verlaufen, oder war bereits ein weiterer Auftragsmörder auf dem Weg hierher, um zu erledigen, was dieser Bieleck nicht geschafft hatte?

Ein Geräusch ließ ihn herumfahren. Vor ihm stand ein gut siebzigjähriger, grünlich gekleideter Mann mit verschlossenem Gesichtsausdruck, eine doppelläufige Flinte mit dem Lauf nach vorne über die Schulter gehängt. Gruber erkannte in ihm einen der Landwirte aus dem Dorf, hatte mit dem Mann aber bislang keinen näheren Kontakt gehabt. Er deutete auf die Flinte und sagte: „Ich hoffe, Sie haben einen Waffenschein für das Ding da?"

„Hob i", erwiderte der andere. „Sonst waar i kaum zu Eahna herkemma, oder?"

Gruber nickte nur.

„I bin übrigens der Leitner Franz. Mia ghört der Hof glei nebn da Kirch."

„Ah ja …" Gruber fiel ein, dass er beim Betrachten des Hofes gedacht hatte: stattlich, aber ein wenig vernachlässigt. „Sind Sie der Jagdpächter hier in der Gegend?", fragte er.

„Des war i amoi. Is aber scho länger her. Jetzt geh i bloß no mit, wenns a Treibjagd gibt."

„Die Treibjagdsaison beginnt aber erst im November", merkte Gruber, dem der Mann irgendwie sonderbar vorkam, sarkastisch an. „Oder bin ich da falsch informiert?"

„I bin nur vorsichtig. Warum, wissma ja, oder?"

„Allerdings. Was halten Sie denn von der ganzen Geschichte?"

„Ehrlich gsogt, is mir des ziemlich wurscht."

„Tatsächlich?“

„Warum ned? I hob nix zum Verbergn …“

„Und warum laufen Sie dann trotzdem mit einem Gewehr herum?“

„I sog doch, i bin nur vorsichtig. Man woaß ja nia, wem ma da heroben übern Weg lafft.“ Er trat neben Gruber und blickte ins Tal hinab. Leicht verbittert und mit einem Anflug von Zorn, wie Gruber registrierte. „Is scho a selten scheener Fleck, des Beching, oder?“, sagte er, ohne Gruber dabei anzusehen.

„Kann man wohl sagen.“

„Do geht koaner so leicht weg …“

„Vermutlich nicht.“

„Aber auf des warten'S doch, oder? Dass oaner abhaut, weil ers mit der Angst kriagt hot.“

„Eine ist schon weg“, erwiderte Gruber.

„A de damische Urschel.“ Leitner verzog die Lippen zu einem verächtlichen Lächeln. „Um de is ned schod.“

„Finden Sie? Immerhin hat sie den alten Pfarrhof renoviert und Leben ins Dorf gebracht.“

Leitner schüttelte nur den Kopf.

„Wenn Sie selbst schon keine Angst haben“, sagte Gruber, „was sagt denn eigentlich Ihre Familie dazu?“

„Nix. Mei Frau is scho lang gstorbn und meine zwoa Buam wohnen woanders."

„Dann leben Sie ganz allein auf dem Hof?"

„Scho. Gibt aber nimmer vui zum arbeitn. I hob scho lang ois verpacht ..."

„Und es interessiert Sie wirklich nicht, dass jemand unter Ihren Nachbarn vielleicht in Lebensgefahr schwebt? Vielleicht sogar ein Freund von Ihnen?"

„I leb für mi alloans, und des langt mir ... Oiso dann, Herr Kommissar, passen'S guat auf." Lechner lüftete seinen Hut, drehte sich um und verschwand so lautlos, wie er gekommen war, zwischen den Fichten hangaufwärts. Seltsamer Kauz, dachte Gruber und nahm sich vor, sich bei Prechtl über den Mann zu erkundigen.

13

Jakob Reiter war enttäuscht. Schon ziemlich angetrunken, schob er das leere Weinglas von sich weg und blickte mit finsterer Miene zu Leo Storch, der eben die letzten Gäste, ein junges Pärchen, verabschiedete und zur Tür hinaus begleitete. Nein, so hatte er sich das nicht vorgestellt. Keine fünf Tage, und schon war wieder weitgehend Ruhe eingekehrt. Sogar der Kollege von der „Süddeutschen Zeitung" war schon wieder abgereist, und auch das Kamerateam vom Regionalfernsehen ließ sich seit gestern nicht mehr blicken. Gut, es kamen immer noch Touristen und Neugierige aus den umliegenden Ortschaften in das Dorf, aber nur, um nach einem kurzen Rundgang wieder zu verschwinden. Und auch die Polizei schien das Interesse verloren zu haben, nachdem die Hochwälder mit Sack und Pack in ein Taxi gestiegen und mit unbekanntem Ziel abgerauscht war.

„Was ist denn mit Ihnen los?", fragte Leo Storch und setzte sich zu Reiter an den Tisch. „Sie machen ja ein Gesicht wie auf Ihrer eigenen Beerdigung!"

Reiter mühte sich ein Grinsen ab und griff

nach der Weinflasche. „Trinken Sie ein Glas mit?“

„Sicher …“ Storch stand wieder auf. Ein paar Minuten später kam er zurück, einen Teller mit verschiedenen Käsesorten in der einen, eine Flasche Wein und ein Glas in der anderen Hand. Er stellte alles auf dem Tisch ab, brachte noch einen gut gefüllten Brotkorb und eine kleine Schüssel mit Weintrauben heran und nahm Platz.

„Sie haben wohl erwartet, dass der Rummel etwas länger andauert, hm?“, sagte er, nachdem er mit Reiter angestoßen hatte.

Reiter nickte. „Eigentlich schon …“

„Tja, wenn nichts passiert, hauen die Leute eben wieder ab. Auf was sollen sie auch warten? Dass noch so ein Typ hier aufkreuzt, um das zu erledigen, was sein Vorgänger nicht geschafft hat?“

„Warum nicht? Wäre doch nur logisch, oder?“

„In gewisser Weise schon. Falls die Person, die es treffen sollte, bis dahin nicht das Weite gesucht hat.“

„So wie die Hochwälder?“

„Genau.“

Storch trank einen Schluck und sagte: „Tja,

die Hochwälder ist aber auch die Einzige bisher, die quasi die Flucht ergriffen hat. Sonst ist niemand aus dem Dorf plötzlich verreist oder hat sich anderweitig abgesetzt. Das hat mir der Prechtl Max gestern Abend jedenfalls erzählt."

„Das würde genau zu meiner Theorie passen", sagte Reiter.

„Was für eine Theorie denn?"

„Dass die Person, um die es geht, gar nichts ahnt von der Gefahr, in der sie schwebt. Weil sie zum Beispiel etwas gesehen hat, das sie nicht sehen sollte."

„Hier auf dem Land?"

„Wieso nicht? Verbrechen passieren überall."

„Dann können wir nur hoffen, dass es der Polizei gelingt, auch den nächsten Killer abzufangen."

„Genau. Aber egal, für heute reicht's mir …" Reiter erhob sich ungelenk, hielt sich kurz an der Tischkante fest und griff nach seiner Brieftasche.

Storch stand ebenfalls auf. Er klopfte sachte auf Reiters Hand mit der Brieftasche und sagte: „Das geht heute aufs Haus. Außerdem würde ich vorschlagen, dass Sie in dem Zustand nicht mehr Auto fahren."

„Ach was, das geht schon. Und die Bullen kennen mich inzwischen …"

„Nix da. Entweder Sie rufen sich ein Taxi oder Sie übernachten hier. Ich habe oben ein paar Gästezimmer, die leer stehen. Suchen Sie sich eins aus."

„Kostenlos?"

„Natürlich."

„Sehr großzügig von Ihnen …"

„Ich habe Ihnen zu danken. Ihr Artikel war, wenn auch indirekt, schließlich keine schlechte Reklame für Beching. Und damit auch für mein Restaurant."

„Okay …" Reiter wandte sich zur Tür. „Aber dann mache ich vorher noch einen kleinen Spaziergang", sagte er über die Schulter.

„Alles klar. Ich lasse die Tür auf …"

Reiter trat ins Freie hinaus und blickte sich um. In keinem Haus brannte mehr Licht, nichts rührte sich. Reiter atmete tief durch und ging mit langsamen Schritten über den Dorfplatz. Es war eine milde Nacht, leicht windig und mit bewölktem Himmel. Am Friedhofstor angekommen, hielt er sich an einem der Gitterstäbe fest und kramte mit seiner freien Hand nach seinen Zigaretten. Mist, die hatte er in der

Gaststube liegen lassen. Er überlegte kurz, welchen Weg er einschlagen sollte, entschied sich für die Straße zum alten Pfarrhof. Er passierte die Kirche und den Hof vom Leitner, einem alten Sonderling, der sich kaum blicken ließ, wie ihm Storch erklärt hatte, und verließ nach dem nächsten Anwesen die Straße, um quer über eine frisch gemähte Wiese zum Pfarrhof zu gelangen. Das Gebäude lag verlassen da und strahlte eine fast schon gespenstische Ruhe aus. Reiter ging daran vorbei zu dem kleinen Weiher, der früher wohl als Wasserspeicher für Feuerwehreinsätze gedient hatte. Plötzlich sehr müde, ließ er sich auf den abgenutzten Gartenstuhl fallen, den die Hochwälder vergessen hatte wegzuräumen, und blickte auf die spiegelglatte Wasseroberfläche.

Erst als er fast vom Stuhl gefallen wäre, bemerkte er, dass er eingenickt war. Er richtete sich auf und schaute sich um. Der Wind war kalt geworden, um ihn herum herrschte die Stille der Nacht. Und er wollte eben aufstehen, als er zwischen den Kastanienbäumen entlang der Straße eine Bewegung ausmachte, verwischt und undeutlich. Ein Tier? Er rieb sich kurz die Augen und blickte, nun hellwach, genauer hin. Nein, es war ein Mensch, eine dunkel gekleidete Person, die gerade an der Scheune des nächststehenden Bauernhofs angelangt war. Reiter zögerte kurz. Er war nie ein besonders mutiger Mensch gewesen, und seine Vernunft sagte ihm, halt dich zurück. Hol dein Handy raus und ruf die Polizei. Aber was würde das schon nützen? Bis die eintraf, würde die Gestalt über alle Berge sein. Oder sollte er Leo verständigen?

Aber dann siegte seine Neugier, gepaart mit der Zuversicht, dass er schon irgendwie mit der Situation fertigwerden würde, und er lief geduckt am Pfarrhof entlang und die Straße hinauf. An der Stelle angekommen, wo er die Gestalt zuletzt gesehen hatte, hielt er kurz inne. In welche Richtung war sie verschwunden? Nach links zum Wohngebäude oder nach rechts weiter zur Dorfmitte? Er lauschte sekundenlang, aber kein Geräusch drang zu ihm. Nur der Wind hatte aufgefrischt und ließ die Blätter der Bäume ringsum leise rascheln.

Reiter entschied, die Scheune vorsichtig zu umrunden und Ausschau zu halten. Und prallte, kaum dass er um die zweite Ecke gebogen war, mit dem Mann zusammen. Starrte in das eingeschwärzte Gesicht unter der Wollmütze, das ihm seltsam vorkam, das ihn verwirrte. Doch bevor er sich darüber klar werden konnte, was hier nicht stimmte, traf ihn ein fürchterlicher Schlag gegen den Hals, der ihm augenblicklich die Luft zum Atmen raubte. Er sank auf die Knie, hielt sich mit beiden Händen den Hals, würgte, spuckte und keuchte, brachte aber kaum etwas hervor. Nur seine Atemnot wurde immer größer und bedrohlicher. Er setzte zu einem Schrei an, doch der Schrei blieb in seiner Kehle stecken, und im nächsten Augenblick wurde ihm schwarz vor den Augen.

14

Seitdem auch die Polizeiinspektion Traunstein über einen Kriminaldauerdienst verfügte, kam es nur noch höchst selten vor, dass Gruber nachts zu einem Einsatz gerufen wurde. Insofern war ihm sofort klar, dass etwas sehr Übles passiert sein musste, als kurz nach ein Uhr früh sein Handy klingelte. Er setzte sich auf die Bettkante, atmete ein Mal tief durch und griff nach dem auf dem Nachttisch abgelegten Apparat.

„Gruber …?"

„Tut mir leid, dich um die Zeit zu stören", sagte Kriminaloberkommissar Toni Wiedl vom KDD, „aber ich habe gedacht, ich gebe dir besser gleich Bescheid. Dieser Journalist, dieser Jakob Reiter, ist tot. Vermutlich an seinem eigenen Erbrochenen erstickt, nachdem er einen Schlag gegen den Kehlkopf bekommen hat. Sagt jedenfalls der Notarzt …"

„Und wo?"

„Ah so, passiert ist es mitten in Beching, so vor gut einer Stunde."

„In Beching?", wiederholte Gruber ungläubig. „Um die Zeit?"

„Ja."

„Und gibt es schon Hinweise auf den Täter oder das Motiv?"

„Leider nein …"

„Zeugen?"

„Auch Fehlanzeige."

Gruber schüttelte verwirrt den Kopf. Jakob Reiter tot! Vermutlich ermordet. Und das in Beching. Mit so einer Entwicklung hatte er am allerwenigsten gerechnet. Das ergab einfach keinen Sinn. Was hatten sie übersehen? Und wie konnte dies überhaupt passiert sein? Er hatte erst gestern die Zahl der Zivilstreifen, die nachts ständig im Umkreis von Beching patrouillierten, auf drei erhöht. Eine Maßnahme, um die er hart gekämpft hatte. Hätte er noch mehr in die Wege leiten sollen?

„Wie es aussieht", sagte Wiedl weiter, „hat er vorgehabt, im Gasthaus zu übernachten, wollte vorher aber noch einen kleinen Spaziergang durchs Dorf machen. Und dabei …"

„Wer sagt das?", unterbrach ihn Gruber.

„Der Pächter von dem Gasthof, ein gewisser Leo Storch. Der hat ihn auch gefunden."

„Und was habt ihr bis jetzt unternommen?"

„Wir haben von Siegsdorf bis Frasdorf alle Autobahnzufahrten unter Kontrolle und versuchen gerade, die Österreicher zu erreichen, damit die auf ihrer Seite was unternehmen."

„Und im Dorf selbst?"

„Da fangen wir gerade an, die Häuser rund um den Tatort aufzusuchen …"

„Gut, ich bin schon unterwegs."

Gruber stand auf, streifte seinen Schlafanzug ab und schlüpfte in die Hose.

„Was ist denn passiert?", fragte Ingrid. Sie hatte sich im Bett aufgesetzt und blickte mit besorgter Miene zu, wie Gruber sich fertig anzog.

„Dieser Journalist, dieser Reiter, ist tot …" Gruber steckte das Handy in seine Hosentasche und ging zur Tür. „Könnte sein, dass er umgebracht wurde."

„Aber … Aber der hat doch gar nicht in Beching gewohnt?"

„Das macht die Sache ja so seltsam."

Als Gruber gut zwanzig Minuten später in Beching eintraf, hatte er den Eindruck, das halbe Dorf sei auf den Beinen. In fast jedem Haus brannte Licht, und auf dem Dorfplatz standen rund dreißig Bewohner, darunter auch Kinder, in Grüppchen zusammen und debattierten aufgeregt. Gruber fuhr im Schritttempo durch die Menge und parkte vor dem Gasthaus ein. Sofort war der Wagen von den Leuten umringt, die ihn teils ängstlich, teils feindselig musterten.

„Ham Sie ned gsagt, dass mia uns koane Sorgen machen brauchen?“, fuhr ihn ein älterer Mann an, kaum dass Gruber ausgestiegen war.

„So is des hoit, wenn ma si oamoi auf die Polizei verlasst. Dann is ma verlassn gnua“, steuerte ein anderer bei.

„Genau …“, gab ein dritter von sich.

Gruber war nicht in der Stimmung, sich auf Diskussionen einzulassen. „Sie können gerne weiter dumm daherreden“, sagte er mit scharfer Stimme. „Oder Sie können mich meine Arbeit machen lassen.“ Dann schubste er den nächststehenden Mann unsanft beiseite und ging auf den Streifenpolizisten zu, der eben über den Dorfplatz auf ihn zugeeilt kam.

„N’Abend, Herr Kommissar, bitte folgen Sie mir …“

Gruber lief neben dem Mann her. „Habt ihr schon etwas herausgefunden, was den Täter betrifft?“

„Bis jetzt nicht …“

Sie passierten gleich nach der Kirche eine

erste Absperrung, an der zwei Streifenpolizisten Neugierige zurückhalten sollten, und liefen die Straße hinab, die zum alten Pfarrhof führte. Vorbei an einer Reihe von Einsatzfahrzeugen und ein paar weiteren Dorfbewohnern, die in einem Obstgarten zusammenstanden und das Treiben wortlos verfolgten. Eine zweite Absperrung sicherte den Tatort, die Ecke einer Maschinenhalle, um die herum sich etwa fünfzehn Personen aufhielten, zwei davon mit weißen Overalls bekleidet, die mit dem Licht ihrer Taschenlampen den Boden entlang der Halle absuchten.

Die Schar machte Gruber Platz, und Gruber ging neben dem mit einer schwarzen Plastikfolie abgedeckten Leichnam in die Hocke. Er zog die Folie weg und betrachtete den bis auf die Unterhose entkleideten, schlaff daliegenden Körper. Neben den Blutergüssen und der Schwellung am Hals waren keine weiteren Verletzungen erkennbar.

„Wie gesagt", erklärte der Notarzt, der neben Gruber getreten war. „So wie es aussieht, hat er einen kräftigen Schlag, vermutlich mit der Faust oder der Handkante ausgeführt, gegen den Kehlkopf bekommen und ist anschließend an seinem Erbrochenen erstickt. Ob der Schlag allein auch tödlich gewesen wäre, müsste die Obduktion klären."

Gruber blickte hoch. „Das heißt, er hat noch ein paar Minuten lang gelebt?"

„Vermutlich." Der Arzt warf einen Blick auf seine Armbanduhr. „Können wir dann los? Wir haben ..."

„Natürlich."

Der Notarzt und der Sanitäter nahmen ihre Taschen auf und liefen zu ihrem Wagen.

Gruber erhob sich und wandte sich an Wiedl: „Also, was habt ihr bisher herausgefunden?"

„Nicht gerade viel, würde ich sagen. Wir schätzen, dass der Täter von dort unten gekommen ist ...", er wies in Richtung des alten Pfarrhofs. „Wir haben natürlich sofort eine Fahndung nach Unbekannt eingeleitet, aber der Mörder hat über eine Stunde Vorsprung. Der kann schon weiß Gott wo sein. Und was die Spurensicherung angeht, das siehst du ja selbst ..."

Gruber nickte. Der Platz vor der Halle war zwar geteert, aber voller Risse und Flecken und ziemlich schmutzig dazu. Keine Chance, den Tathergang zu rekonstruieren. Er blickte sich ratlos um. Was zum Teufel ging hier vor? Wieso Reiter? War der Journalist dem Täter, bei dem es sich nur um einen Nachfolger Bielecks handeln konnte, in die Quere gekommen? Es war die einzige Erklärung, die Sinn machte. Was hieß, dass die „Zielperson" hier im Dorfkern zuhause war, und nicht im Neubaugebiet oder irgendwo in der näheren Umgebung. Er musterte kurz die Umstehenden, die zwei Kollegen vom KDD, die paar Streifenpolizisten und Zivilfahnder, die vier Männer aus dem Dorf, von denen ihm drei bekannt waren: Max Prechtl, Leo Storch und Franz Leitner. Der vierte war ein stämmiger, verdrossen dreinschauender Mann um die vierzig, in dem Gruber den Besitzer des Bauernhofs vermutete. Er ging auf ihn zu und sagte: „Ich nehme an, das ist Ihr Hof?"

Der Mann nickte. „Ja ..."

„Verraten Sie mir auch Ihren Namen?"

„Schallinger. Herbert Schallinger."

„Und Sie ...?"

„I woaß scho, wos Sie jetzt fragen wolln", unterbrach ihn Schallinger mit erregter Stimme. „Na, weng mia is des ned passiert. Und des hob i Ihre Kollegen a scho gsogt. I hob nix verbrocha und i wüsst ja ned, warum mir oaner an Krogn mecht."

„Das hat auch niemand behauptet ..."

„Des sogn Sie jetzt. Aber i mecht ned wissen, wos de Leit morgen daherratschn. A Mord auf meim Hof, do bleibt immer wos hänga."

„Das legt sich schon wieder ..."

„Des glaab i erst, wenn ..."

Gruber verlor die Geduld. „Jetzt hören Sie schon auf, hier herumzujammern", fuhr er Schallinger an. „Während Sie in Ihrem schönen, warmen Bett geschlafen haben, wurde hier draußen ein Mensch ermordet. Also hören Sie auf, sich um Ihren guten Ruf zu sorgen, und helfen mir ..."

„Er hat ausgesagt, er habe nichts bemerkt, bis der Herr Storch hier aufgetaucht ist und Alarm geschlagen hat", sagte Wiedl in die eingetretene Stille.

„Genau so war's", sagte Schallinger.

„Vielleicht sonst wer im Haus?", fragte Gruber den Mann.

„Na. Meine Eltern ham a nix mitkriagt."

„Gut, wir reden später vielleicht noch mal." Gruber wandte sich an Storch. „Sie haben den Mann also gefunden?"

„Es ist alles meine Schuld …“, erwiderte Storch, sichtlich erschüttert.

„Wie bitte?“ Gruber verstand nicht.

„Weil ich ihn doch überredet habe, bei mir zu übernachten. Er war ziemlich betrunken, und da wollte ich nicht, dass er noch Auto fährt. Er war auch einverstanden, wollte vorher aber noch einen kleinen Spaziergang machen. Aber wie er nach etwa einer halben Stunde nicht zurückgekommen ist, habe ich mir Sorgen gemacht. Ich habe erst versucht, ihn anzurufen, und wie er sich nicht gemeldet hat, bin ich los, um ihn zu suchen.“ Er zuckte hilflos mit den Schultern. „Hätte ja sein können, dass er gestürzt ist oder Probleme mit dem Kreislauf hatte … Und dann habe ich ihn da entdeckt.“

„Haben Sie dabei jemanden gesehen?“

Storch schüttelte den Kopf.

„Na ja, ist vielleicht auch besser so. Sonst …“ Gruber ließ den Satz unvollendet und fragte stattdessen: „Sie glauben also, dass es ein reiner Zufall war, dass Reiter hier vorbeikam?“

„Ja. Was anderes kann ich mir nicht vorstellen.“

„Gut. Dann gehen Sie jetzt nach Hause.“ Gruber legte einen Moment lang seine Hand auf Storchs Schulter. „Ich schaue nachher noch bei Ihnen vorbei, wenn Sie möchten.“

Storch nickte nur.

„Moment noch. Da fällt mir ein: Wissen Sie zufällig etwas über Reiters Angehörige, Eltern, eine Frau oder Freundin?“

„Seine Eltern sind schon lange geschieden, hat er mir mal erzählt. Aber wo sie wohnen, keine Ahnung. Aber er hatte eine Freundin, die bei ihm in der Zeitung arbeitet. Eine Tanja. Die Nummer ist sicher in seinem Handy gespeichert.“

„Danke. Also bis dann.“

Storch schlurfte mit gesenktem Kopf davon. Gruber winkte einem der Streifenbeamten. „Gehen Sie mit und sorgen Sie dafür, dass ihn die Leute in Ruhe lassen und nicht mit Fragen löchern.“

„Alles klar, Herr Kommissar.“

Als sich auch Leitner, der bislang stumm dagestanden hatte, abwenden wollte, packte Gruber den Mann am Jackenärmel und deutete auf ein Anwesen. „Das da drüben ist doch Ihr Hof, oder?“

„Genau.“

„Und Sie …?“

„I hob nix gmerkt, bis i ned de Sirene ghört hob“, unterbrach ihn Leitner.

Gruber nickte resigniert und ließ den Mann gehen.

„Des wead a scheene Hetz gebn“, sagte Prechtl.

„Wie meinen Sie das?“

„Na, des liegt doch auf der Hand. Jetzt traut si koaner mehr raus, jedenfalls ned in der Nacht. Mecht wissen, wia des jetzt weitergeh soi?“

„Eines wissen wir jetzt jedenfalls“, sagte Gruber nach einer Pause nachdenklich.

„Und des waar?“

„Dass die Person, um die sich alles dreht, hier mitten im Dorf wohnt.“

15

Der Saal des Gasthofs „Zum Storch“ war bereits überfüllt, als Gruber und Bischoff gegen halb zehn dort eintrafen, um die für zehn Uhr angesetzte Pressekonferenz zu leiten. Gruber, nach nur wenigen Stunden unruhigen Schlafs übermüdet und gereizt, zuckte leicht zusammen, als er die Meute erblickte und die aufgeheizte Stimmung registrierte, die im Saal herrschte. Das würde kein leichter Gang werden, zumal er nichts vorweisen konnte, was die versammelten Kamerateams, Reporter und Dorfbewohner zumindest ein wenig zufrieden gestellt hätte. Er wehrte ein paar Leute, die in der Nähe der Tür standen und auf ihn zutreten wollten, mit einer Handbewegung ab und folgte Leo Storch schnell in den Gastraum, wo einer der Tische mit diversen Getränken, verschiedenen Brotsorten, Früchten sowie einer Wurst- und Käseplatte gedeckt war.

„Ich habe ein kleines Frühstück für Sie vorbereitet“, sagte Storch. „Oder möchten Sie gleich anfangen?“

„Wir warten noch auf Dr. Werner, die Staatsanwältin“, erwiderte Bischoff.

„Dann setzen Sie sich doch bitte."

„Besten Dank", sagte Gruber und fixierte Storch, der seit ihrem Eintreffen nicht mehr von ihrer Seite gewichen war. „Haben Sie sich wieder etwas erholt?"

„Geht so …"

Gruber musterte den Mann. Storch schien über Nacht um Jahre gealtert zu sein. Seine Gesichtszüge waren eingefallen, die Augen ohne jeden Glanz, die Haare wirr abstehend. „Haben Sie jemanden, mit dem Sie darüber sprechen können?", fragte er weiter.

„Eher nicht, aber ich komme schon klar …" Er mühte sich ein schwaches Lächeln ab und machte eine Kopfbewegung in Richtung Saaltür. „Die werden Sie ganz schön in die Mangel nehmen, fürchte ich."

Gruber nickte nur.

„Also, Kaffee kommt gleich …"

Storch verschwand in der Küche. Gruber und Bischoff setzten sich an den Tisch. Gruber schenkte sich ein Glas Orangensaft ein, trank einen Schluck und zog sein Notizbuch aus seiner Jackentasche.

„Glaubst du ihm eigentlich?", fragte Bischoff mit gedämpfter Stimme.

„Dem Storch? Eigentlich schon. Du nicht?"

„Er hat ihn als Letzter lebend gesehen. Und du weißt, was das statistisch gesehen bedeutet: Dass er mit hoher Wahrscheinlichkeit auch der Täter ist …"

„Kann ich mir nicht vorstellen. Aus welchem Motiv denn?"

„Und warum rennt er uns dann wie ein Hund hinterher?"

„Weil er sich Vorwürfe macht, Herrgott noch mal", sagte Gruber, aufgebracht über Bischoffs fehlendes Mitgefühl. „Siehst du nicht, dass der Mann fix und fertig ist?"

Storch kam zurück, ein Tablett mit Kaffee, Milch und Zucker in der Hand. Er stellte das Tablett auf dem Tisch ab und sagte: „Wissen Sie denn schon, auf welchem Weg der Täter ins Dorf gekommen ist?"

„Wir nehmen an, dass er seinen Wagen irgendwo in der Umgebung geparkt hatte", erwiderte Gruber.

„Ich hätte jedenfalls nie gedacht, dass so schnell wieder etwas passiert."

„Da waren Sie nicht der Einzige …"

Dr. Werner erschien in der Tür.

Gruber und Bischoff erhoben sich. „Guten

Morgen", sagte Gruber und deutete auf Storch. „Darf ich vorstellen, das ist der Herr Storch, der Pächter des Gasthauses …"

„Freut mich", sagte die Staatsanwältin.

„Für Sie auch Kaffee?", fragte Storch.

„Gerne."

Dr. Werner setzte sich zu den Beamten an den Tisch. „Also dann, haben Sie beide schon eine Strategie, wie wir dieses ‚Massaker' überleben können?"

Gruber verzog das Gesicht. „Die suchen einen Sündenbock. Und den werde ich wohl abgeben müssen. Aber nicht auf leeren Magen, wenn's geht." Er steckte sein Notizbuch wieder ein und griff nach einer Scheibe Brot.

„Manchmal bewundere ich Ihren Gleichmut", sagte die Staatsanwältin.

Kurz nach zehn Uhr war es dann soweit: Gruber, Bischoff und Dr. Werner hatten ihre Plätze eingenommen und warteten darauf, dass Ruhe einkehrte. Als nur noch das Klicken der Kameras und vereinzeltes Gemurmel zu hören war, hob Gruber die Hand und sagte: „Meine Damen und Herren, bevor Sie Ihre Fragen stellen, möchte ich kurz einiges richtigstellen: Nach unseren bisherigen Erkenntnissen war

Herr Reiter nicht, wie bereits in einigen Radiomeldungen zu hören war, zu Recherchen hier und ist dabei ums Leben gekommen, sondern hat nur einen Spaziergang durch das Dorf unternommen, bevor er hier im Haus übernachten wollte. Er war also nicht unterwegs, um auf eigene Faust Ermittlungen anzustellen, sondern wollte vor dem Schlafengehen nur etwas frische Luft tanken. Was dann …"

„Woher wollen Sie das so genau wissen?", unterbrach ihn ein junger Mann, der dabei mit einem Kugelschreiber wedelte.

„Es gibt dafür einen zuverlässigen Zeugen …"

„Und wer ist das?"

„Tut mir leid, das kann ich Ihnen zu diesem Zeitpunkt nicht sagen."

„Ist es dieselbe Person, die den Toten gefunden hat?", fragte ein zweiter Mann.

Gruber schüttelte den Kopf und blickte zu Dr. Werner. Die Staatsanwältin verstand und ergriff das Wort: „Hören Sie, lassen Sie den Herrn Kriminalhauptkommissar doch erst einmal über den Stand der Ermittlungen berichten, dann haben wir alle eine Basis …"

„Was dann genau bei diesem Spaziergang

passiert ist“, fuhr Gruber fort, „darüber können wir bislang nur spekulieren. Tatsache ist nur, dass ihm dabei eine bislang unbekannte Person einen Schlag gegen den Kehlkopf versetzt hat, der zur Folge hatte, dass er an seinem eigenen Erbrochenen erstickt ist. Aus welchen Gründen dies geschehen ist, wissen wir noch nicht. Es gibt keine Zeugen der Tat, und da es einige Zeit gedauert hat, bis Herr Reiter gefunden wurde, hatte der Täter leider auch reichlich Zeit, um sich vom Tatort zu entfernen.“

„Sie haben also keine Spur vom Täter?“, fragte der Erste wieder.

„Nein, noch nicht …“

„Kommt für die Tat auch jemand aus dem Dorf in Frage?“, wollte eine Frau wissen.

„Ausgeschlossen ist nichts, aber wie gesagt …“

„Ich frage mich nur“, meldete sich ein vierter Reporter, „wieso die Polizei in diesem Fall so kläglich versagt hat? Ich meine, Sie hätten doch damit rechnen müssen, dass nach diesem Bieleck wieder ein Killer auftaucht. Und hätten demzufolge entsprechende Maßnahmen treffen müssen.“

Beifälliges Gemurmel.

„Natürlich haben wir Maßnahmen getroffen", erwiderte Gruber. „Wir führen seit Anfang der Woche im gesamten Bereich südlich der Autobahn bis zur Grenze nach Österreich ständig Fahrzeugkontrollen durch, wir haben rund um die Uhr mehrere Zivilstreifen im Einsatz, die Beching und die umliegenden Ortschaften kontrollieren, aber wir können schlecht an jeder Ecke einen Beamten platzieren und in den umliegenden Wäldern Posten aufstellen."

„Und wieso eigentlich nicht? Wenn sich irgendwo Politiker treffen, ist der Polizei ja auch kein Aufwand zu hoch."

„Das kann schon sein. Aber ich kann nur das in die Wege leiten, was mir genehmigt wird", sagte Gruber und schämte sich sogleich für diese windige, wenn auch zutreffende Erklärung. „Außerdem war es bisher nur eine Annahme, dass Marius Bieleck hierher nach Beching unterwegs war, um ein Verbrechen zu begehen."

„Eine Annahme, die nun aber zum Tod eines völlig unbeteiligten Menschen geführt hat ...?", sagte die Frau.

„Ich kann mich nur wiederholen", sagte Gruber. „Wir haben alle Maßnahmen getroffen, die wir für angemessen gehalten haben."

„Das heißt dann wohl, dass Jakob Reiter dem Täter irgendwie in die Quere gekommen ist, oder?“, fragte der Erste wieder.

„Richtig. Wir gehen davon aus, dass Jakob Reiter den Täter gesehen oder vielleicht sogar versucht hat, ihn aufzuhalten, und dass er dabei getötet wurde.“

„Gibt es dazu entsprechende Kampfspuren?“

„Keine eindeutigen …“

„Aber Sie wissen noch immer nicht, wem der Anschlag eigentlich gelten sollte?“, fragte eine zweite Frau.

„Nein.“

„Aber müsste die Person, die es betrifft, spätestens jetzt nicht das Dorf verlassen und sich in Sicherheit bringen?“

„Das möchte man meinen. Wir hoffen jedenfalls, dass dies geschieht und die Gefahr damit vorbei ist.“

„Möchten Sie denn nicht wissen, wer dies ist und was er ausgefressen hat, dass man ihm so energisch nach dem Leben trachtet?“, setzte die Frau nach.

„Natürlich möchten wir das wissen. Aber wie gesagt, wir haben bisher keine Anhaltspunkte dafür, wer dies sein könnte, und wir können niemanden zu einer Aussage oder einem Geständnis zwingen. Abgesehen davon muss er nichts ausgefressen haben. Es gibt auch andere Gründe, weswegen Menschen ins Visier eines Mörders geraten, auch völlig unschuldige Menschen ..."

„Und was werden Sie jetzt unternehmen? Ich meine, um die Leute hier mehr zu schützen, als dies bisher der Fall war?", fragte ein weiterer Reporter.

„Daran arbeiten wir gerade ..."

16

Robert Kramer legte die Fotos und Lagepläne, die ihm sein Besucher überlassen hatte, auf den Tisch zurück und blickte zum Fenster hinaus. Das Angebot war verlockend, keine Frage. Sehr verlockend sogar. Wie lange lag sein letzter Auftrag jetzt schon zurück? Über zwei Jahre. Und auch der war nur zustande gekommen, weil er zufällig einem alten Bekannten über den Weg gelaufen war, der zufällig ein Problem hatte. Nein, dies hier war vielleicht seine letzte Chance, nochmals gutes Geld zu machen. Geld, das er dringend nötig hatte. Dennoch zögerte er. Ein Job, der schon zweimal fehlgeschlagen war, das verhieß nichts Gutes. Aber hatte er überhaupt noch eine Wahl? Seine Rücklagen schwanden immer mehr, und für einen normalen Job, was immer dies auch sein mochte, fühlte er sich längst zu alt. Nein, wenn es so weiterging wie bisher, würde er noch als Penner enden.

„Warum sind Sie eigentlich nicht gleich zu mir gekommen?“, wandte er sich an seinen Besucher, obwohl er sich die Antwort denken konnte.

Der leger gekleidete, leicht dickliche Mann, der etwa in seinem Alter war und sich als Anwalt ausgegeben hatte, lächelte schief. „Wie alt sind Sie jetzt? Dreiundsechzig?"

„Verstehe …"

„Eben. Aber nachdem sich herausgestellt hat, dass auch Jüngere keine Garantie bieten, habe ich beschlossen, es doch mit Ihnen zu versuchen. Obwohl ich annehme, dass auch Sie inzwischen gesundheitlich Ihre Probleme haben."

Kramer schüttelte den Kopf. Sein Diabetes war zwar lästig, aber nichts, was ihn groß behindert hätte, jedenfalls nicht im Alltag. „Sie werden auf uns warten", murmelte er, statt auf die Frage einzugehen.

„Wie bitte?"

„Sie werden auf uns warten! Eine Zeile aus einem Western, den ich vor langer Zeit mal gesehen habe. Sagt ein Bankräuber, der gerade seinen nächsten Überfall plant, zu seinem Komplizen."

„Nun ja, davon ist auszugehen. Aber soweit ich informiert bin, tappt die Polizei noch immer absolut im Dunkeln, was das Motiv betrifft."

„Im Gegensatz zu Ihrer Zielperson, schätze

ich. Der müsste inzwischen doch längst klar sein, was Sache ist."

Der Anwalt nickte. „Allerdings …"

„Aber der Mann hält sich noch immer dort auf?"

Der Anwalt nickte erneut. „Ja, tut er."

„Erstaunlich."

„Nun ja, jeder tickt auf seine Weise. Abgesehen davon hätte er wohl schon vor langer Zeit die Flucht ergriffen, wenn er das gewollt hätte."

„Also gut", sagte Kramer nach einer Pause. „Im Augenblick wäre es unnötig riskant, aber in einigen Wochen, wenn sich die Lage wieder beruhigt hat, dürfte es machbar sein."

Der Anwalt schüttelte energisch den Kopf. „Unmöglich. Das ist zu spät …"

„Wieso? Befürchten Sie, dass sich der Mann doch noch absetzt?"

„Erstens das, zweitens läuft meinem Auftraggeber aus noch ganz anderen Gründen die Zeit davon, und drittens kommt hinzu, dass der Leiter der Ermittlungen, ein Hauptkommissar Andreas Gruber von der Traunsteiner Kripo, alles andere als ein dummer Provinzbulle ist. Und deswegen muss die Sache so schnell wie möglich abgewickelt werden."

Kramer sagte nichts. Unter Zeitdruck zu arbeiten, gefiel ihm gar nicht.

„Wenn es eine Frage der Bezahlung ist“, setzte der Anwalt erneut an, „den Preis bestimmen Sie. Und wie gesagt, ich habe Leute vor Ort, die genau hinsehen, was in dem Dorf so vor sich geht. Und bis jetzt deutet nichts darauf hin, dass die Polizei Bescheid wüsste und die Zielperson heimlich beschützt oder gar als Köder benutzt. Aber ich brauche Ihre Antwort jetzt.“

Kramer blickte wieder zum Fenster hinaus. Der Gedanke, von hier wegzumüssen, weil er die Miete nicht mehr bezahlen könnte, bekümmerte ihn. Obwohl, wenn er recht überlegte, würde er das Haus nun ohnehin aufgeben müssen, schon aus Sicherheitsgründen. Egal, ob er nun zusagte oder nicht. Um Zeit zu gewinnen, sagte er: „Was ist mit der Frau, dieser Alex oder wie sie sich nennt? Wie gut kennen Sie sie?“

„Ich kenne sie überhaupt nicht. Ich wusste nicht einmal, dass Bieleck sie engagiert hatte, bis sie mich anrief. Seitdem haben wir ein paar Mal miteinander telefoniert, mehr nicht.“

„Und Sie waren damit einverstanden, dass sie es im Alleingang versucht?“

„Ich wollte ihr zumindest die Möglichkeit geben. Zumal wir, wie gesagt, keine Zeit zu verlieren haben."

„Und, glauben Sie ihr?"

„Eigentlich schon. Es klang jedenfalls sehr nachvollziehbar, was sie mir erzählt hat. Dass sie fast schon am Ziel war, als plötzlich dieser Journalist vor ihr stand und sie rein instinktiv reagiert hat. Pech für den Mann, aber nicht mehr zu ändern."

„Und jetzt? Wo ist sie jetzt?"

„Sie hat sich in Salzburg in einem Hotel einquartiert und wartet auf ihr Geld."

„Und wie viel wäre das?"

„Wir hatten eine Viertelmillion vereinbart. Bei Erfolg, versteht sich …"

„Und jetzt?"

„Tja, gute Frage. Was würden Sie vorschlagen …?"

Kramer lächelte. Ein cleverer Bursche, dieser Anwalt. Er sagte: „Wenn Sie nicht zahlen, laufen Sie Gefahr, dass sie der Polizei den Namen der Zielperson verrät. Und dann dürfte die Sache gelaufen sein."

„Das sehe ich genauso."

„Also?"

„Also wäre es angebracht, ihr zumindest eine Art Abfindung zu zahlen, bevor sie auf die Idee kommt, Dummheiten zu machen."

„Mit mir als Geldboten, nehme ich an?"

„Ja. Wäre das okay für Sie?"

„Warum nicht. Und wer weiß, vielleicht kann ich sie brauchen …"

„Natürlich. Das entscheiden ganz allein Sie."

Kramer überlegte kurz. Leute vor Ort, das hieß, dass Geld hier offensichtlich keine große Rolle spielte. Dass der Auftraggeber, wer immer dies sein mochte, einen Erfolg sehen wollte, koste es, was es wolle. „Gut, dann bin ich dabei", sagte er. „Sagen wir: eine halbe Million. Ein Drittel sofort, den Rest nach Abschluss der Operation. Sollte ich die Frau mit ins Boot nehmen, müssen wir das separat abrechnen. Und sollte ich, aus welchen Gründen auch immer, die Sache abbrechen müssen, behalte ich den Vorschuss."

Der Anwalt zuckte mit keiner Wimper. „Einverstanden."

„Gut. Wie schnell können Sie meinen Vorschuss und das Geld für die Frau beschaffen?"

Der Anwalt ging zur Tür, öffnete sie und deutete auf seinen in der Zufahrt geparkten

Volvo. „Ich habe zweihunderttausend in bar bei mir. Reicht das fürs Erste?“

Kramer nickte und folgte dem Anwalt zum Wagen. „Noch eines: Beschaffen Sie mir alle Informationen, die Sie kriegen können, über diesen Kommissar Gruber. Ich weiß gerne, mit wem ich es zu tun habe.“

„Kein Problem.“

An seinem Wagen angekommen, drehte sich der Anwalt um und deutete auf die Jagdhütte, die Kramer seit Längerem als Zuhause diente. „Hat es eigentlich einen Grund, weswegen Sie so abgeschieden wohnen?“, fragte er. „Ich hätte Sie fast nicht gefunden …“

„Ich bin gern allein“, erwiderte Kramer. „Und den zweiten Grund haben Sie gerade genannt.“

„Verstehe …“

„Möchten Sie gar nicht wissen, was der Komplize des Bankräubers geantwortet hat?“, fragte Kramer, während er die Tasche mit dem Geld entgegennahm.

„Ach so, doch, natürlich.“

„Ich möchte es gar nicht anders haben …“

Der Anwalt musterte Kramer sekundenlang mit kühlem Blick, bevor er sagte. „Ich wusste, dass Sie der richtige Mann sind.“

17

Gruber saß an seinem Schreibtisch und spielte mit dem Gedanken, in Pension zu gehen. Er fühlte sich plötzlich alt und verbraucht. Und fehl am Platz. Dieser eine Fall noch, und dann reicht es, dachte er. Aber würden sie diesen Fall überhaupt noch lösen können? Im Augenblick sah es nicht gerade danach aus. Wenn wenigstens die Frankfurter Kollegen endlich etwas herbeischaffen würden, aber auch da herrschte Funkstille. Gab es denn wirklich keine konkreten Hinweise darauf, was dieser Bieleck so getrieben und mit wem er verkehrt hatte? In Gruber keimte ein Verdacht auf. Der Verdacht gefiel ihm nicht, aber wenn er so zurückblickte, erschien ihm diese Möglichkeit als durchaus realistisch. Er erhob sich, trat an die Kaffeemaschine und schenkte sich eine Tasse ein.

„Schon ein bisschen merkwürdig, dass die in Frankfurt über den Bieleck so gar nichts herausgefunden haben, was uns weiterhelfen könnte", sagte er zu Bischoff, die ebenfalls mit ratloser Miene an ihrem Schreibtisch saß.

„Allerdings." Sie blickte Gruber erwartungsvoll an. „Und woran könnte das liegen, deiner Meinung nach?“

„Protektion. Vielleicht konnte dem Bieleck die letzten Jahre deswegen nichts nachgewiesen werden, weil er zugleich als Informant oder V-Mann unterwegs war und infolgedessen niemand so genau hingeschaut hat, was er sonst noch getrieben hat.“

Bischoff nickte. „Daran habe ich auch schon gedacht ... Das heißt dann wohl, dass wir aus dieser Richtung nichts zu erwarten haben?“

„Besser, wir gehen davon aus ...“ Gruber nahm seine Tasse mit an den Schreibtisch und setzte sich wieder.

„Eigentlich gibt es nur eine logische Erklärung, warum sich in Beching nichts tut“, sagte Bischoff nach einer Weile. „Entweder weiß die Person, hinter der man her ist, nichts von der Gefahr, in der sie schwebt, oder sie weiß es, kann aber aus irgendwelchen Gründen nicht weg.“

„Aber wir haben doch alle überprüft, soweit dies möglich war“, wandte Gruber ein. „Da war nichts. Keine gefälschte Identität, keine verdächtigen Auslandsaufenthalte, keine Beziehungen zu dubiosen Personen, alles brave Leute ...“

Bischoff stand auf, um sich ebenfalls eine Tasse Kaffee zu holen. „Ich finde, wir sollten noch mal mit diesem Prechtl reden", sagte sie. „Könnte ja sein, dass er uns anfangs etwas verschwiegen hat und jetzt, nachdem es einen Toten gegeben hat, sich nicht mehr traut, damit herauszurücken."

„Gute Idee."

Allerdings fiel die Begrüßung recht kühl aus, als sie eine halbe Stunde später vor Prechtls Haustür standen.

„Hams scho wos rausgfundn?", fragte Max Prechtl, sichtlich schlecht gelaunt.

„Das nicht gerade." Gruber blickte leicht verlegen zu Bischoff. „Aber ..."

„Aber wir dachten, vielleicht könnten Sie uns weiterhelfen", ergänzte Bischoff.

„Und wia? I moan, i hob Eahna scho ois gsogt ..."

„Könnten wir vielleicht woanders weiterreden?", fragte Gruber.

„Wenns unbedingt sei muaß ... Dann gemma vielleicht in Garten hinter." Prechtl warf die Haustür hinter sich zu und ging voran um die Ecke in den Obstgarten, wo eine pausbäckige, etwa sechzigjährige Frau gerade damit beschäftigt war, Wäsche an die Leine zu hängen. Neben ihr stand ein Kinderwagen.

„Mei Tochter Rosi, und der im Wagerl is mei zwoater Urenkel, der Max Josef“, erklärte Prechtl. „Mei Frau is leider scho verstorbn.“

Die Frau nickte den Beamten nur zu und ließ sich nicht weiter stören. Prechtl deutete auf die Reihe billiger Plastikstühle, die ungeordnet um einen Tisch in der Mitte des Gartens standen. „Bittschön …“

„Wos machen eigentlich Ihre Kollegen in Frankfurt oben?“, fragte Prechtl, nachdem sie alle Platz genommen hatten. „So guat wia nix.“

„Der Eindruck täuscht“, erwiderte Gruber. „Die machen genauso ihre Arbeit wie ich und meine Kollegin hier.“

„Ah geh! Und warum merkt ma dann nix davon?“

„Wie ist denn so die Stimmung im Augenblick?“, fragte Bischoff.

„De Leit ham Angst, wos sonst. Is ja a unmöglich, so a Zuastand. De Fremdn bleim weg, jeder in der Gegend zoagt mitm Finger auf uns, unsere Leit müssen se bled anredn lassn. Lustig is des ned grod, sog i Eahna.“

Prechtl verzog das Gesicht. „Des is ja no schlimmer ois wia de Gschicht mit unserm Pfarrer!"

„Was für eine Geschichte denn?", fragten Gruber und Bischoff gleichzeitig.

Prechtl zögerte kurz. „Mia ham damals no an Pfarrer ghabt, so Mitte der achtzger Jahr. Und mit dem is a Gschicht passiert, do frog i mi heit no, wia des hot sei können."

„Ein Missbrauch?", fragte Bischoff.

„Na, des ned zum Glück ..." Er stockte kurz und es war ihm anzumerken, wie schwer es ihm fiel, darüber zu reden. Er holte tief Luft und sagte: „Da ham zwoa Ministranten in der Sakristei Pornoheftl gfundn. Aber ned bloß solchene mit zwoa Nackerte, des mitanand treibn, sondern wos mit Viecher und so. Wenn i's ned mit eigene Augen gsehn hätt, dad i sogn, des gibts ned."

Gruber und Bischoff wechselten einen Blick.

„Und da war natürlich der Teufel los", sagte Gruber.

„Des können'S laut sogn. Heit dad si vielleicht koaner mehr aufregen, mit de ganzen Sauereien, die ma im Internet so sigt, aber damois ..."

„Und was hat der Pfarrer dazu gesagt?“, fragte Bischoff.

„Der hot hoch und heilig gschworn, dass er nix damit zum schaffa hätt, dass er ned woaß, wia des Dreckszeig in die Sakristei kemma is.“

„Aber keiner hat ihm geglaubt, oder?“

Prechtl schüttelte mit betrübter Miene den Kopf. „Na, ned so richtig.“

„Und Sie?“

„Mei, a Pfarra is a bloß a Mensch. Aber glei solchene Sachen …”

„Aber es hätte doch sein können, dass ihm diese Hefte jemand untergeschoben hat“, sagte Gruber.

„Scho. Aber aus welchem Grund?“

„Uns was ist dann passiert?“, fragte Bischoff.

„Abgschobn hamsn, in a Kloster irgendwo im Württenbergischen, wo er sich a paar Monat später aufghängt hot.“

„Ein Geistlicher, der Selbstmord begeht. Das hört man auch selten …“, sagte Gruber.

„War aber so.“ Prechtl lehnte sich zurück und blickte zum Kinderwagen. „Ja, des war echt a schlimms Jahr, erst de Gschicht mitm Pfarrer und dann der Brand beim Leitner.“

„Dem Franz Leitner?“, fragte Gruber.

„Genau."

„Und was für ein Brand war das?"

„Na ja, da ganze Hof hot hoit brennt ..."

„Und was war die Ursache?"

„Hams ned genau rausgfundn. Wahrscheinlich a technischer Defekt an der Stromleitung, hots ghoaßn. De war nämlich no aus de dreißger Jahr und hätt scho längst erneiert werdn müssn. Jedenfalls hot er no saumäßig Glück ghabt, der Franz, er hot nämlich unterm Dach a paar Fremdenzimmer ghabt, und de Leit da obn, a älters Ehepaar ausm Ruhrgebiet, de warn eahm fast derstickt dabei. Hotn a saftige Geldstraf kost."

„Bei dem Herrn Leitner hat es also gebrannt", wiederholte Gruber, plötzlich sehr nachdenklich geworden.

„Sog i doch. Aber Sie ham den Franz ja eh kennaglernt, in der Nacht, in der ..." Prechtl stockte.

„Ich weiß", sagte Gruber. „Aber ich habe den Mann schon vorher getroffen, oben im Wald. Dabei hat er behauptet, er wäre mal Jagdpächter gewesen."

Prechtl nickte. „Stimmt, des war er amoi ..."

„Ich hatte den Eindruck, er ist ein ziemlicher Eigenbrötler."

„Mei, des dadn Sie vielleicht a wern. Erst is eahm sei Frau jung gstorbn, und dann de Gschicht mit seine zwoa Buam."

„Was denn noch für eine Geschichte?", fragte Bischoff.

„Er hot zwoa Buam, an Georg und an Florian. An Georg hams zsammgfahrn, der sitzt seitdem im Rollstuhl, und an Florian hams a so zsammgschlogn, dass er seitdem behindert is und im Heim lebt."

„Und wann ist das passiert?"

„Des mitm Georg war im Dezember '98, a Woch vor Weihnachten. Und de Sach mitm Florian war vor acht Jahr, im August 2007."

„Und was genau ist da geschehen?", fragte Gruber.

„Da Georg war nachts zFuaß auf der Straß unterwegs, und do hotn oaner übern Haufen gfahrn. Is nie erwischt worden, der Dreckhammel, der gscherte. Und an Florian hams in Traunstoa aufm Parkplatz von so oaner Disko zsammgeschlogn. Wers war und warum, wissma bis heit ned."

„Ich kann mich an den Fall erinnern", sagte Gruber zu Bischoff. „War in dem Jahr, bevor du nach Traunstein gekommen bist …"

„Und?“

„Ich war nicht direkt damit befasst, ich weiß nur, dass der junge Mann auf dem Parkplatz hinter der Diskothek von anderen Gästen mit schwersten Kopfverletzungen aufgefunden wurde. Er selbst konnte keine Aussage machen und es gab auch keine Zeugen. Und wie sich herausstellte, auch keine Verdächtigen, die mit dem Opfer vorher Streit hatten oder sonst wie schlecht auf ihn zu sprechen waren. Die Sache war uns allen ein Rätsel …“ Gruber wandte sich wieder an Prechtl. „Ein ungeklärter Brand und zwei Söhne, die unter rätselhaften Umständen fast zu Tode kommen … Ein bisschen viel Unglück für eine Familie, finden Sie nicht?“

„Scho. Aber Sie glabn jetzt doch ned, dass dem Leitner wos angetan werden soll?“

„Das genau ist die Frage.“

„Oisa i wüsst ned, warum.“

„Und dass der Mord an dem Jakob Reiter nur wenige Meter von seinem Hof entfernt passiert ist, gibt Ihnen das nicht zu denken?“

„Jetzt, wo'S davon redn …“

Gruber erhob sich. „Jedenfalls müssen wir sofort mit dem Mann reden …“

„Soll i mitkemma?"

„Lieber nicht. Aber danke, dass Sie uns auf die Sache aufmerksam gemacht haben."

Prechtl nickte.

„Ah ja, und noch eins: Behalten Sie das alles vorerst für sich."

18

Es dauerte eine Weile, bis Leitner auf das Klopfen der Beamten an seiner Haustür reagierte. Als er endlich öffnete, nur mit Hose und Unterhemd bekleidet und barfuß, starrte er Gruber finster an, sagte aber kein Wort. Für Bischoff hatte er nur einen kurzen Seitenblick übrig.

„Grüß Sie, Herr Leitner“, sagte Gruber. „Tut mir leid, dass wir Sie stören müssen, aber hätten Sie ein paar Minuten Zeit für uns?“

„I hob Eahna doch scho gsogt, dass i mit derer Sach nix zum schaffen hob.“

„Richtig, das haben Sie. Trotzdem haben sich da ein paar Fragen ergeben, die wir gerne mit Ihnen bereden würden.“

„I wüsst zwar ned, was des für Fragen sei könnten, aber wenns sei muaß, treffma uns in a halben Stund beim Wirt drüben …“

Gruber schüttelte den Kopf. „Ich würde vorschlagen, wir machen das hier bei Ihnen. Abgesehen davon hat der Storch noch geschlossen.“

Leitner zögerte kurz, trat dann widerwillig einen Schritt zurück und ließ die Beamten eintreten. Im Flur roch es muffig, und der Boden war schmutzig. Die Bauernstube mit Kachelofen, in die Leitner sie führte, hatte auch schon lange niemand mehr sauber gemacht oder gelüftet. Auf dem massiven, mit Flecken übersäten Holztisch standen etliche leere Bierflaschen, und auf dem Sofa vor dem Fernseher lagen ein paar Decken und Kissen, die den Anschein erweckten, als würde Leitner hier auch schlafen. Leitner machte keine Anstalten, sich für die Unordnung zu entschuldigen. Er wies nur mit einem Murren auf die Eckbank und sagte: „Oiso, wos gibts so Wichtiges?"

Gruber und Bischoff setzten sich nebeneinander auf die Bank, Leitner nahm auf der Ofenbank Platz.

„Möchten Sie gar nicht wissen, wie der Stand der Ermittlungen ist?", fragte Bischoff.

„Wenns wos Neis gaab, hätt i des scho erfahrn, glaab ich."

„Nun, es geht um die Häufung von Unglücksfällen, die Ihre Familie in den letzten Jahrzehnten getroffen hat", sagte Gruber. „Erst der Brand im Jahr '87, bei dem fast ein paar Ihrer Feriengäste ums Leben gekommen wären, dann der mysteriöse Unfall Ihres Sohns Georg, und zuletzt der Angriff auf Ihren Sohn Florian auf dem Parkplatz dieser Diskothek in

Traunstein. Etwas viel Unglück für eine einzige Familie, würde ich sagen."

Leitner gab sich gleichgültig. Er rückte nur seine Hosenträger zurecht und sagte: „Na und? Den oan triffts mehr, den anderen weniger, so is des hoit. S'Lebn is ned gerecht, mehr kann i dazu ned sogn."

„Sicher. Und wenn es nur zwei Vorfälle dieser Art gewesen wären, könnte ich Ihnen auch zustimmen. Aber nicht bei dreien …"

„Nicht zu vergessen die Tatsache, dass der Herr Reiter nur einen Steinwurf entfernt von Ihrem Hof ermordet wurde", sagte Bischoff. „Da könnte man doch daraus schließen, dass der Täter auf dem Weg zu Ihnen war."

„Und warum is er dann ned kemma?"

„Wie bitte?"

„Er hätt doch bloß no a paar Meter ghabt zu mia, zu meim Haus, oder?"

Gruber und Bischoff wechselten einen Blick.

„Vielleicht war ihm das dann zu riskant", sagte Bischoff. „Er konnte ja nicht wissen, dass der Reiter allein unterwegs war!"

Leitner sagte nichts.

„Wie auch immer", sagte Gruber, „jedenfalls sieht es so aus, als ob es jemand auf Sie, beziehungsweise Ihre Familie, abgesehen hat, aus welchem Grund auch immer."

„A so a Schmarrn. Wer denn? Und warum?"

„Das genau möchten wir von Ihnen erfahren", sagte Bischoff. „Bevor noch jemand zu Schaden kommt."

„Wos mit dem Reporter passiert is, dafür kann i nix. Und wenns so waar, wia Sie behaupten, dann waar i doch scho längst ausm Dorf weg oder i dad mi verstecka, oder?"

„Sicher", sagte Gruber. „Andererseits laufen Sie mit einem Gewehr herum, obwohl Sie längst nicht mehr Jagdpächter sind."

„A oide Gwohnheit, mehr ned."

„Sie bleiben also dabei, dass Sie keine Ahnung haben, was hier vor sich geht?"

„I kann nix erfindn …"

„Na schön, Herr Leitner, ganz wie Sie wollen." Gruber erhob sich. „Aber ich bin sicher, dass dies nicht unser letztes Gespräch war."

„Für mich lügt er …", sagte Bischoff auf halbem Weg zum Gasthof Storch.

„Jedenfalls sagt er uns nicht die Wahrheit", ergänzte Gruber. „Ich frage mal den Prechtl, ob er weiß, wo dieser Georg steckt. Mit dem sollten wir jetzt auch mal reden, denke ich."

19

Alex hatte Kramer als Treffpunkt das Café Bazar vorgeschlagen, und Kramer war einverstanden gewesen. Es wäre ihm zwar lieber gewesen, die Frau an einem weniger belebten Ort zu treffen, konnte ihre Wahl aber verstehen. An ihrer Stelle hätte er auch einen Hinterhalt befürchtet, die Möglichkeit, dass man sie ausschalten wollte. Er stellte seinen Wagen auf einem Parkplatz in der Nähe ab, und da noch etwas Zeit blieb, schlenderte er durch die Gassen und schaute sich um. Er kannte Salzburg nur flüchtig und fand, als er eine halbe Stunde später das gut besetzte Café betrat, dass ihm die Stadt durchaus gefallen könnte.

Er setzte sich an einen freien Tisch in der Ecke, bestellte sich einen kleinen Schwarzen und ein Stück Sachertorte, und nahm eine der herumliegenden Zeitungen zur Hand, gespannt darauf, wie die Frau wohl aussehen würde, die sich in dieses Gewerbe verirrt hatte. Als er nach einer Weile auf die Uhr blickte, stellte er fest, dass sie bereits überfällig war. Er verzehrte den Rest seiner Torte und wollte gerade dem Ober winken, um sich einen zweiten

Kaffee zu bestellen, als eine etwa dreißigjährige, schlanke Frau mit schwarzem, kurz geschnittenem Haar von ihrem Tisch aufstand und auf ihn zukam. Eine Frau, die ihm zuvor in keiner Weise aufgefallen war. Was ihm zu denken gab.

„Könnte es sein, dass wir hier verabredet sind?“, fragte sie.

„Wenn Sie die sind, auf die ich warte …“

Die Frau setzte sich und blickte Kramer forschend an.

„Verraten Sie mir auch Ihren Namen?“, fragte Kramer, um sicherzugehen.

„Manche nennen mich Alex …“

„Freut mich, Alex.“ Kramer deutete auf seinen leeren Kuchenteller. „Haben Sie schon die Sachertorte hier probiert? Hervorragend, genau, wie sie sein sollte, mit viel Aprikosenmarmelade in der Mitte.“

„Ich esse keinen Kuchen.“

„Nun, ich dürfte eigentlich auch nicht, aber …“

„Haben Sie das Geld?“, unterbrach ihn die Frau.

Kramer stieß mit dem Fuß gegen die Umhängetasche, die er neben seinem Stuhl abgestellt hatte. „Alles da. Sie müssen nur zugreifen.“

„Und wer sagt mir, dass die Scheine nicht präpariert sind?“

„Präpariert?“

„Ja. Zum Beispiel mit einem Gift, das bei Berührung Atemlähmung verursacht.“

„Soll ich hineingreifen und ein Bündel in die Hand nehmen?“

Die Frau hob die Tasche auf, platzierte sie auf ihrem Schoß und umschloss sie mit beiden Händen. Sie blickte Kramer leicht unschlüssig an. „Das war's dann wohl, oder?“

Kramer überlegte kurz. Die Frau sagte ihm irgendwie zu. Sie war nicht gerade ein Typ, nach dem man sich auf der Straße umdrehte, aber auf ihre Weise durchaus attraktiv. Vor allem aber war sie jung, clever und strahlte eine Energie aus, die ihm vielleicht nützlich sein konnte. Zumal sie bereits bewiesen hatte, dass sie eiskalt und skrupellos sein konnte. Er sagte: „Das kommt darauf an. Ich meine, Sie können jetzt hier rausgehen und mich, Bieleck und den Mann, mit dem Sie telefoniert haben, vergessen. Ende der Geschichte. Sie vergessen uns, und wir vergessen Sie. Oder wir zwei bleiben zusammen und unternehmen einen dritten Anlauf. Was halten Sie davon?“

„Heißt das, der Mann ist immer noch dort?"

Kramer nickte. „Ja. Scheint so, als wäre es ihm egal …"

Die Frau musterte Kramer mit neu erwachtem Interesse. Kramer lächelte nachsichtig. „Sie haben wohl gedacht, ich wäre nur der Geldbote?"

„Eigentlich schon."

„Also, was halten Sie davon?"

„Im Prinzip hätte ich nichts dagegen. Aber erst möchte ich wissen, wer Sie sind."

Kramer schüttelte den Kopf. „Sie zuerst …"

Die Frau zuckte mit den Schultern. „Mein Bruder war Anführer einer Motorradgang und als er mal einen Kurier gebraucht hat, der absolut sauber war, hat er mich gefragt. Auf diese Weise bin ich reingerutscht. Später habe ich dann alle möglichen Jobs für ihn erledigt. Sachen besorgt, abkassiert und so weiter."

Drogenhandel und Schutzgelderpressung, dachte Kramer. Kein Wunder also, dass sie sich so gut auf Handgreiflichkeiten versteht.

„Sie sagten: war. Hat er sich verändert?"

„Er ist tot. Er wurde vor gut einem Jahr bei einer Razzia von der Polizei erschossen."

„Das tut mit leid."

Die Frau nickte nur.

„Und seitdem sind Sie auf eigene Rechnung tätig, oder wie sehe ich das?"

„Genau."

„Und wie sind Sie an diesen Bieleck geraten?"

„Rein zufällig. Er war Gast in einem Club, wo es ein kleines Problem gab, und war wohl beeindruckt, wie ich die Sache gelöst habe. Jedenfalls hat er mich nachher angesprochen und gefragt, ob ich an einem Job interessiert wäre."

„Verstehe …"

„Und Sie?"

„Nun, ich war mal Offizier bei einer Spezialeinheit der Bundeswehr und auch später noch eine Zeitlang im Staatsdienst tätig …"

„Im Staatsdienst", wiederholte die Frau mit misstrauischem Blick.

Kramer lächelte knapp. „Ja. Allerdings auf freiberuflicher Basis, wenn Sie verstehen, was ich meine."

„Und was haben Sie da gemacht?"

„Probleme gelöst, was sonst."

„Und danach?"

„Danach war ich Mitbegründer einer kleinen Firma, die sich auf Personenschutz spezialisiert hatte, die aber leider nicht so gelaufen ist, wie ich es mir erwartet hatte."

„Das heißt, Sie haben Pleite gemacht?"

Kramer sagte nichts.

„Und jetzt?", fragte Alex.

„Jetzt bin ich wieder freiberuflich unterwegs …"

„In Ihrem Alter?"

„Wieso nicht?"

„Das wird aber nicht einfach werden. Vielleicht laufen wir sogar in eine Falle?"

„Einfach ist es nie. Aber ich könnte zu den fünfzigtausend, die ich Ihnen mitgebracht habe, noch mal hunderttausend drauflegen …" Kramer holte seine Brieftasche hervor, legte einen Zehneuroschein und ein paar Münzen auf den Tisch und stand auf. „Kommen Sie, machen wir einen kleinen Spaziergang …"

Die Frau zögerte kurz, folgte Kramer dann aber auf die Straße hinaus und hinab zu dem Weg, der an der Salzach entlang führte, und auf dem sich jede Menge Fußgänger und Radfahrer tummelten.

„Was mich interessieren würde", sagte Kramer, „wie wollten Sie eigentlich vorgehen in dieser Nacht?"

„Ich wollte mich im Haus von diesem Leitner verstecken, hätte den Mann am Morgen dann überwältigt und gefesselt und geknebelt in den Kofferraum seines alten Daimler verfrachtet. Dann wäre ich nach Regensburg gefahren, wo das Abholkommando bereit stand."

„Und Sie glauben, das hätte funktioniert?"

„Wieso nicht? Die halten doch alle nach einem Typ wie dem Bieleck Ausschau. Aber eine Frau am Steuer eines Wagens mit Traunsteiner Kennzeichen! Ich denke, ich hätte eine sehr gute Chance gehabt."

„Und dieser Journalist, wie ist das dann passiert?"

„Der Idiot stand plötzlich vor mir. Ich konnte gar nicht anders."

„Verstehe …"

20

„Der Herr Leitner kommt gleich“, sagte die Mitarbeiterin zu Gruber, nachdem sie kurz telefoniert hatte. „Wenn Sie bitte solange im Besprechungszimmer Platz nehmen möchten.“

„Danke.“

Gruber und Bischoff folgten der Frau den Flur entlang in das Zimmer, in dem um einen ovalen Konferenztisch ein halbes Dutzend Stühle platziert war. Ein Sideboard, auf dem ein kleiner Kühlschrank, eine Kaffeemaschine und ein Regal mit Tassen und Gläsern standen, bildete den Rest der Einrichtung. Gruber setzte sich und nahm eine der auf dem Tisch liegenden Architektur-Zeitschriften in die Hand. Bischoff stellte sich ans Fenster und checkte auf ihrem Smartphone ihre Mails. Eine Minute später ging die Tür auf und Georg Leitner kam hereingerollt. Ein schmächtiger, verhärmt wirkender Mann um die vierzig mit schütterem Haar und leicht gehetztem Blick. Gruber stand auf und machte Platz, sodass Leitner die Tür hinter sich zustoßen konnte.

„Des macht fei ned grod den besten Eindruck, wenn Sie mich hier in der Firma aufsuchen“, sagte Leitner junior „Was solln denn die Kollegen von mir denga. Außerdem hob i diesen Reporter gar ned kennt.“

„Keine Sorge“, wehrte Gruber ab. „Wir haben der Dame am Empfang bereits klargemacht, dass Sie absolut keine Probleme mit uns haben. Und wir möchten mit Ihnen auch nicht über Ihr Heimatdorf und die Ereignisse dort reden, sondern über Ihren Unfall.“

„Meinen Unfall. Wos hot denn der damit zum tuan?“

„Vielleicht nichts, vielleicht sehr viel …“

„Versteh i ned.“

Gruber rückte seinen Stuhl etwas zurück und setzte sich wieder. Bischoff blieb am Fenster stehen. „Das werden Sie gleich. Aber schildern Sie uns doch bitte zuerst, was genau sich an diesem Abend abgespielt hat?“

„Des hob i doch alles scho zu Protokoll gegeben. Hams des verschlampt?“

„Das nicht“, erwiderte Gruber geduldig. „Aber wir würden es gerne noch mal von Ihnen hören.“

Georg Leitner blickte sekundenlang mit geschlossenen Augen zu Boden, als müsse er sich die Ereignisse mühsam ins Gedächtnis zurückrufen. „Da gibts ned vui zum erzähln. I hob wia jeden Abend mei Rundn gmacht, oiso mei Lauftraining, und kurz vor der Abzweigung nach Beching is oaner von hinten kemma und is mia ins Kreiz gfahrn."

„Haben Sie den Wagen denn nicht gehört?", fragte Bischoff.

„Logisch hab i den ghört. Aber i hob dacht, der hot leicht Platz. I bin ja ganz am Rand glaffa und Gegenverkehr war a koaner. Außerdem hob i a Leichtbandel am Buckel ghabt. Der muass mi gsehn hobn."

„Und was ist dann passiert?", fragte Gruber.

„I bin auf amoi am Bodn glegn und hob ned gwusst, was los ist. Gspürt hob i nix. Jedenfalls ned glei. Erst wia i probiert hob zum Aufsteh, is kemma, hob i gmerkt, dass meine Haxn …" Georg Leitner verstummte und blickte an Gruber vorbei zum Fenster hinaus.

„Und der Wagen ist einfach weitergefahren?", fragte Bischoff.

„Ja … Aber jetzt mecht i endlich wissen, wos die Fragerei soll?"

„Ganz einfach", sagte Gruber, „haben Sie denn nie den Verdacht gehabt, dass man Sie mit Absicht angefahren haben könnte?"

Georg Leitner blickte Gruber erstaunt an. „Mit Absicht?“

„Ja.“

„Na, eigentlich ned. Und wieso auch …“

„Nun ja, es hätte ja sein können, dass Sie Feinde hatten, dass es jemanden gab, der so schlecht auf Sie zu sprechen war, dass er Sie über den Haufen gefahren hat.“

„Und warum des?“

„Vielleicht aus Eifersucht? Oder weil Sie Streit mit ihm hatten?“, fragte Bischoff.

Georg Leitner schüttelte den Kopf. „Da war nix, wirklich ned. Des hätt i der Polizei scho gsagt, da können'S Gift drauf nemma. Außerdem is am Onkel von am Freund von mir genau des Gleiche passiert. Der is ja nachts hoamganga und von einem Auto totgfahrn worden. Aber der hot wenigstens des Glück ghabt, dass er glei tot war.“

„Wieso wohnen Sie eigentlich nicht mehr zuhause?“, fragte Bischoff. „Platz wäre da doch genug …“

„Des scho, aber i hobs da nimmer ausghalten“, sagte Georg Leitner. „Vor allem dann, wia des mitm Flori passiert is. Da Vatta is immer komischer wordn, und dann des Gwerk mit dem Stui da. Und leichter in die Arbeit komm i so aa …"

„Apropos Florian", sagte Gruber. „Kam Ihnen das nicht merkwürdig vor, dass einige Jahre später Ihr Bruder ebenfalls das Opfer eines, nun ja, Anschlags wurde, und auch in diesem Fall kein Täter ermittelt werden konnte?"

Georg Leitner starrte Gruber an. „Scho, aber in dem Eck da hinterm Bahnhof gibts ja öfter Schlägereien …"

„Aber nicht derart, dass jemand gleich halbtot liegen bleibt."

„Scho …"

„War Ihr Bruder denn ein Schlägertyp?", fragte Bischoff.

Georg Leitner schüttelte energisch den Kopf. „Na, ganz bestimmt ned. Aber wos hot des Ganze jetzt mit dem Mord an diesem Zeitungsmenschen zum tuan?"

„Womöglich nichts. Wir haben uns nur gewundert über die Häufung von Unglücksfällen in Ihrer Familie. Erst der Brand Ihres Elternhauses, dann werden Sie von einem Auto angefahren, und danach wird Ihr Bruder das Opfer einer Schlägerei."

Georg Leitner zuckte mit den Schultern.

„Da Vatta hot gsogt, manche Leit san vom Unglück verfolgt. Wars des jetzt?“

Gruber nickte. „Ja. Und vielen Dank …“

Georg Leitner griff nach der Türklinke und rollte hinaus.

„Ganz schön aggressiv, der Mann“, sagte Bischoff, als sie auf dem Parkplatz in Grubers Peugeot stiegen.

„Das wäre ich vermutlich auch, in seiner Lage“, erwiderte Gruber. „Außerdem ist es immer übel, wenn dir etwas zustößt, und du niemanden konkret dafür verantwortlich machen kannst.“

21

Verwundert über die Ruhe, die im Dorf herrschte, parkte Gruber vor dem Gasthaus „Zum Storch" und stieg aus. Das Schild an der Tür mit der Aufschrift „Geschlossen" überraschte ihn dagegen nicht. So wie Leo Storch auf die Ermordung Jakob Reiters reagiert hatte, die Vorwürfe, die er sich deswegen machte, war eine Pause wohl das Mindeste, was er sich gönnen würde. Gruber tat der Mann leid. Selbst wenn sie den Fall lösen würden und den Täter zu fassen kriegten, glücklich würde Leo Storch hier in Beching wohl nicht mehr werden. Er ging dennoch in den Biergarten und setzte sich an den Tisch gleich am Eingang, wo er den Dorfplatz gut im Blick hatte.

Storch ließ sich nicht blicken, aber es dauerte nicht lange, da kam ein hagerer, etwa sechzigjähriger Mann mit zerknittertem Gesicht über den Platz auf ihn zu.

„I bin da Willi", sagte er, bei Gruber angelangt. „Der Jakob war a guater Freind von mia."

„Ach so?" Gruber wies auf den Stuhl gegenüber. „Bitte, setzen Sie sich doch."

„Dankschön."

„Und wie kam das?", fragte Gruber.

„I hob früher moi in Traunstoa gwohnt, im gleichen Haus wia seine Eltern."

„Ich dachte, seine Eltern sind geschieden?"

„Des war vorher."

„Verstehe ... Sagen Sie, Willi, könnte es sein, dass Sie an jenem Montagvormittag, als wir das erste Mal hier in Beching waren, gerade mit einem Taxi angekommen sind?"

Der Mann nickte. Unangenehm berührt, wie Gruber schien.

„Deswegn wollt i ja mit Eahna reden ...", fuhr er nach einer Pause mit bedrückter Miene fort. „I moan, des ..."

Bevor er weitersprechen konnte, erschien Prechtl am Eingang des Biergartens. Er sagte: „Servus Willi ...", und zu Gruber gewandt: „I hob Eahna Auto gsegn und da dacht i ..."

„Oiso dann, i muaß wieda", sagte Willi, stand auf und verließ den Biergarten.

Prechtl setzte sich auf den frei gewordenen Stuhl. „Und, wos spricht der Schorsch? Gehts eahm guat?"

„Ob's ihm gut geht, kann ich schlecht beurteilen. Eher nicht, würde ich sagen. So ein

Leben im Rollstuhl, das kann einen schon fertigmachen. Aber er glaubt nach wie vor an Fahrerflucht."

„Aber Sie ned?"

„Nein. Ich bin inzwischen überzeugt davon, dass ein System dahintersteckt."

„A System?"

„Richtig. Jemand will die Leitner-Familie für irgendetwas büßen lassen. Ich habe nur keine Ahnung, wer und wegen was."

„Aber der Leitner hot doch ois abgstrittn, hams gsagt. Und i kann mia a ned vorstelln, wos der Grund sei könnt."

„Ist aber so."

„Des waar ja a Katastrophe?"

Gruber nickte. „Eine Katastrophe, die leider schon eingetreten ist ... Sagen Sie, war der Leitner vielleicht mal weg, hat er mal woanders gelebt, vielleicht in einer Großstadt oder sogar im Ausland?"

„Sie moanan, dass er vielleicht moi in wos verwickelt war, dass er si irgendwo auswärts wos zuschulden kemma lassn hot?"

„Ja, so in etwa."

Prechtl schüttelte den Kopf. „Na, der war immer im Dorf, immer auf seim Hof, hot a nie Urlaub gmacht. Des weiteste, wo er moi hingfahrn is, war nach Minga aufs Oktoberfest und zu Verwandte nach Straubing."

„Tja, dann weiß ich auch nicht weiter. Aber irgendetwas in seiner Vergangenheit muss mal gewesen sein ..."

Prechtl wetzte unruhig auf seinem Stuhl hin und her. „Oiso, mia is da no wos eingfalln. Des kanns aber eigentlich ned sei, weils scho über vierzg Jahr her is und a nix is, wos des Ganze a nur entfernt rechtfertigen dad ..."

„Nur raus mit der Sprache: Was ist über vierzig Jahre her?"

„Anfang der siebzger Johr hot im Zuhaus vom Leitner moi a junge Frau gwohnt. A Flüchtling aus der Zone, i moan, aus der DDR. Auf welchem Weg die bei uns da gland is, woaß i jetzt nimmer, jedenfalls hams da gwohnt und die Frau hot in der Wirtschaft zeitweis ois Kellnerin garbeit."

„Schön, und was ist dann passiert?"

„Passiert is nix. Es hot nur ghoaßn, dass der Leitner wos mit der Frau ghabt hätt."

„War er zu der Zeit schon verheiratet?"

„Na, des ned. Aber er hot scho a feste Freindin ghabt, a Madel aus Unterwössen."

„Und trotzdem …"

„Scho. War aber a blitzsaubers Ding, de Jessica. Do waar wahrscheinlich a jeder schwach gwordn, glaab i."

„Nun ja, so was soll vorkommen."

„Eben. Drum hob i ja dacht, des kanns ned sein."

„Und wo ist die Frau jetzt?"

„De war ned lang da, ned amoi a Jahr. Dann hots beim Wirt oan kennenglernt, an Ingenieur aus Frankfurt, und mit dem is dann weg."

„Sie haben nie wieder etwas von ihr gehört?"

„Na …"

„Was hat der Leitner dazu gesagt?"

„Nix, koa Wort. Und es hot sich a koaner traut, dass an frogt."

„Verstehe …" Gruber nickte nachdenklich. Nein, das konnte es wirklich nicht sein. Dennoch war er leicht irritiert. Irgendetwas an der Aussage von Prechtl war nicht stimmig. Er brauchte ein paar Sekunden, bis er den Punkt ausgemacht hatte. Er sagte: „Sie haben vorhin gesagt: hams da gwohnt. Haben denn noch mehr Leute in dem Zuhaus gewohnt?"

Prechtl schlug sich mit der flachen Hand an die Stirn. „Mein Gott, da merkt man wieda, dass ma oid werd. Des hätt i jetzt glatt vergessn. Sie hot a Tochter ghabt, a liabs Madel, aber a bisserl schüchtern."

„Wie alt ?"

„Mei, elfe vielleicht. Höchstens zwölfe, dad i sogn."

Bevor Gruber etwas erwidern konnte, kam Storch um die Ecke geschlurft. Nachlässig gekleidet, unrasiert und mit tiefen Ringen unter den müden Augen. Gruber erhob sich und schüttelte Storch die Hand. „Hallo, Herr Storch. Wie geht's Ihnen heute?"

„Passt schon", sagte Storch. „Möchten'S was zum Trinken?"

„Danke, aber im Augenblick nicht."

„Sind Sie schon weitergekommen?"

„Nun ja, in gewisser Weise schon …" Gruber blickte kurz zu Prechtl, der nun ebenfalls aufgestanden war. „Der Herr Prechtl hat mich auf ein paar Vorkommnisse hier im Dorf aufmerksam gemacht, die vielleicht einiges erklären könnten." Und zu Prechtl gewandt: „Den Namen von diesem Ingenieur aus Frankfurt wissen Sie aber nicht mehr, nehme ich an?"

„Na. Aber er hot in der Pension von der Burgi gwohnt. Die schmeißt nix weg."

Gruber stand auf. „Na wunderbar, dann auf zur Burgi …“

„Muaß i da mitgeh?“

„Was spricht dagegen?“

„Na ja, a blede Gschicht. Mia warn fast amoi verlobt, aber dann hob i a andere kennaglernt und sie is oaschichtig bliebn. Seitdem is ned guat auf mi zu sprecha.“

„Wie lange liegt das jetzt zurück?“

„Guat sechzg Jahr.“

„Ganz schön nachtragend, die Dame …“

„Mei, manche Weibsbilder san hoit so.“

„Ich komme dann nachher noch mal vorbei“, sagte Gruber zu Storch.

22

Gestützt auf einen Rollator, erschien die Burgi in der Haustür ihrer Pension. Sie war gut und gern in Prechtls Alter, hatte fast keine Haare mehr und trug ein altmodisches Hörgerät, machte ansonsten aber einen recht rüstigen Eindruck. Sie musterte Gruber neugierig, ihren ehemaligen Fast-Verlobten ignorierte sie.

„Schee, dass Sie a bei mia amoi vorbeischaun", sagte sie mit etwas zu lauter Stimme zu Gruber. „So an echten Kriminaler wollt i scho immer kennalerna."

„Freut mich ebenfalls", erwiderte Gruber.

„Ja, freili kann i mi an den Herrn erinnern", sagte Burgi, nachdem ihr Gruber den Grund seines Kommens erklärt hatte. „So vui Gäste hamma damois ned ghabt, und dann de Gschicht mit der Jessica, des vergisst ma ned."

„Wissen Sie auch noch den Namen des Herrn?", fragte Gruber.

„Freili. Klöppel hot er ghoaßn. Manfred Klöppel …"

„Und was hat er hier so gemacht?"

„Mei, nix Bsonders. Wandern, a bisserl aufn Berg kraxeln, wos de Preißn hoit so machan."

„Was für ein Mensch war er so, der Herr Klöppel?“

„A feiner Mensch, gscheit, sauber und immer guat aufglegt. Oiso wenn ma nur solchene Gäst hätt, waars a Freid.“

„Haben Sie später noch mal von ihm gehört, oder kam er noch mal zu Besuch?“

„Na, leider. Er hot zwar gsogt, dass er moi wiederkimmt, aber nix. Dabei hätts mi scho interessiert, wos aus de zwoa gwordn is …“

„Klingt so, als hätten Sie nicht so recht daran geglaubt, dass die zwei glücklich werden?“

Burgi nickte. „Mei, I hätts eahm gwünscht. Aber de Frau, i mecht jetzt nix Schlechts über sie sogn, aber es hot ja jeder gwusst, dass der Leitner über sie gstiegn is. Und dass sie deswegen weg wollt aus Beching.“

„Ach so!“ Gruber blickte fragend zu Prechtl. „Haben Sie nicht gesagt, das mit dem Verhältnis wäre vielleicht nur Gerede gewesen?“

„Beweise dafür hots ned gebn, und i ois Bürgermoasta wollt ned …“

„Ja, ja, du ois Bürgermoasta“, unterbrach ihn die Burgi. „Du warst scho immer oaner, der si aus allem rausghaltn hot. Mecht bloß wissen, warums die überhaupt gwählt ham.“

„Also ging die Initiative eher von ihr aus?“, fragte Gruber weiter.

„Ja, freili. Der Herr Klöppel hätt sich des nie traut, glaab i. Der is ja scho rot im Gsicht worn, wenn er nur auf meim Busen gschaut hot“

„I glaab ned, dass des jetzt jemanden interessiert“, sagte Prechtl dazu.

„Di hot koaner gfrogt“, schnappte die Burgi zurück.

„Wie ging's dann weiter?“, fragte Gruber.

„Mei, er hot mi a paar Moi gfrogt, wos die Jessica für oane is und so.“ Die Burgi verzog leicht bekümmert das Gesicht. „I hob eahm natürli nix erzählt von der Sach mitm Leitner, aber vielleicht hätt ichs doch macha solln. Obwoi, i glaab, des waar eahm dann a wurscht gwesn.“

„Heißt das, er hat sich in sie verliebt?“

„Und wia. Der hot sei Glück doch kaum fassn könna. I moan, so nett und anständig er war, aber schee war er leider ned grod. A bisserl kloa war er und a groaße Nosn hot er ghabt, und … Ah, Frau Komarek, heit scho zruck?“

Gruber und Prechtl drehten sich um. Hinter ihnen stand eine etwas dickliche, ungefähr fünfzigjährige Frau mit rundem Gesicht und blonder Kurzfrisur, bekleidet mit einem roten

Anorak und einer schwarzen Hose und zwei Nordic Walking Stöcken in der rechten Hand.

„Ist was passiert?“, fragte die Frau.

„Na, na“, wehrte die Burgi ab. „Der Herr Kommissar hot si nur nach am früheren Gast erkundigt.“

„Heißt das, dass der Täter ein ehemaliger Gast sein könnte?“, fragte die Frau.

„Darüber darf ich Ihnen leider keine Auskunft geben“, erwiderte Gruber. „Macht Ihnen die ganze Aufregung nichts aus?“

Die Frau lächelte knapp. „Wer soll von mir schon was wollen? Und nachts bleibe ich auf meinem Zimmer.“

„Sehr vernünftig.“

„De Frau Komarek is scho des dritte Johr bei uns im Urlaub“, ergänzte die Burgi.

„Na dann, noch gute Erholung“, sagte Gruber.

Die Frau nickte nur und verschwand im Haus.

„Gut“, sagte Gruber zur Burgi, „das wäre es dann schon gewesen. Haben Sie vielen Dank.“

Er verabschiedete sich auch von Prechtl und eilte zu seinem Wagen. Beim Gasthaus angekommen, rief er Bischoff an und gab durch, was er soeben erfahren hatte. Er bat sie, schnellstmöglich Informationen über Jessica Kopp und Manfred Klöppel zu besorgen und damit nach Beching zu kommen. Die Wartezeit wollte er damit verbringen, bei Storch einen Kaffee zu trinken und den Mann dabei ein bisschen aufzurichten.

23

„Ich weiß Ihre Anteilnahme wirklich zu schätzen", sagte Storch, „aber mein Entschluss steht fest: Solange Sie und Ihre Kollegen noch hier zu tun haben, halte ich das Restaurant für Sie offen, aber dann sperre ich zu, und zwar endgültig, egal, wie diese Geschichte ausgeht."

Gruber nickte verständnisvoll. „Das sehe ich ein. Aber ich sag's Ihnen noch mal: Hören Sie auf damit, sich Vorwürfe zu machen. Niemand konnte das, was mit dem Reiter passiert ist, vorhersehen."

„Ich weiß. Aber wie gesagt, wenn ich hier bleibe, müsste ich ständig daran denken, bei jedem Spaziergang durchs Dorf, und das würde ich nicht aushalten."

„Haben Sie schon eine Idee, was Sie machen wollen?"

„Ich habe einen Bekannten, der am Lago Maggiore ein Hotel managt. Vielleicht versuche ich da mal mein Glück …" Storch machte eine leichte Kopfbewegung in Richtung Straße. „Das klingt ganz nach dem Wagen Ihrer Kollegin."

„Ja. Bin schon gespannt, was sie über diese

Jessica und diesen Ingenieur herausgefunden hat."

Gleich darauf kam Bischoff in den Biergarten.

„Dann lasse ich Sie beide jetzt mal allein", sagte Storch und erhob sich. „Wenn Sie etwas brauchen, rufen Sie einfach."

„Machen wir …"

Bischoff setzte sich gegenüber Gruber an den Tisch. „Also, über diese Jessica Kopp war auf die Schnelle nichts herauszufinden, was Hand und Fuß hätte. Aber dieser Manfred Klöppel wohnt noch in Frankfurt. Er hatte dort bis vor zwei Jahren eine kleine Firma, die auf Vermessungen aller Art spezialisiert war. Im Internet war außerdem zu lesen, dass er seit 32 Jahren mit einer Frau namens Anja verheiratet ist und drei Kinder und zwei Enkel hat. Von einer Jessica oder ihrer Tochter war nichts zu finden."

„Trotzdem müssen wir schnellstens mit ihm sprechen", sagte Gruber. „Vielleicht weiß er, wo die Frau abgeblieben ist. Oder er weiß wenigstens, was damals beim Leitner passiert ist. Einfach etwas, das uns weiterbringen würde."

„Wir?"

„Ja. Oder besser gesagt: du."

„Und die Frankfurter Kollegen?“

„Die lassen wir erstmal außen vor. Warst du schon mal in Frankfurt?“

Bischoff schüttelte den Kopf. „Bis jetzt nicht …“

„Gut. Dann würde ich vorschlagen, dass du gleich morgen früh losfährst.“

„Was machst du?“

„Tja, nachdem jetzt alles darauf hindeutet, dass man hinter dem Leitner her ist, müssen wir ihn wohl oder übel unter Polizeischutz stellen. Und zwar erst mal massiv, bis mir was Besseres einfällt. Ich meine, wenn wir nur einen Streifenwagen vor seinem Haus postieren, hilft uns das gar nichts. Dann laufen wir nur Gefahr, dass der Mörder vom Reiter die Besatzung einfach umbringt und sich dann den Leitner vornimmt. Also brauchen wir Spezialisten, entweder von der Bundespolizei oder von einem Sondereinsatzkommando.“

„Eine Lösung ist das aber auch nicht …“

„Natürlich nicht. Jedenfalls nicht auf Dauer. Aber wir können den Mann ja schlecht zwingen, dass er das Dorf verlässt.“

„Und du meinst, die Werner und die in Rosenheim spielen da mit?“

Gruber nickte. „Für eine Zeit lang bestimmt. Ich meine, noch so eine Geschichte wie mit dem Reiter, und wir können einpacken."

„Aber wenn der Leitner unter Polizeischutz steht, wird er vielleicht erst recht den Mund halten."

„Ich weiß. Und deswegen werden wir gleich noch mal mit ihm reden."

24

„I sogs Eahna jetzt zum letzten Mal“, knurrte Franz Leitner, nachdem die Beamten wieder bei ihm angeklopft hatten. „I hob nix gmacht und i woaß a von nix.“

„Da sind wir entschieden anderer Ansicht“, erwiderte Gruber. „Ich denke, es ist höchste Zeit, dass Sie auspacken, bevor noch mehr passiert.“

Leitner, gegen den Türstock gelehnt, blieb stumm.

Bischoff deutete auf das unbewohnte Nebengebäude. „Anfang der siebziger Jahre hat da drin doch eine junge Frau mit ihrer Tochter gewohnt, Jessica und Sabrina Kopp, oder?“

Leitner nickte unwillig.

„Dann erzählen Sie uns doch, was sich damals zwischen Ihnen und der Jessica abgespielt hat.“

„De hot bei mia gwohnt und dann is weg. Des war ois.“

„Sind Sie da ganz sicher? Wir haben gehört, Sie hätten ein Verhältnis mit ihr gehabt?“

„De Leit redn vui, wenn da Tag lang is …“

„Jetzt hören Sie mal gut zu, Sie Sturschädel", sagte Gruber. „Irgendwer führt Krieg gegen Sie, und das wissen Sie, spätestens seit Ihr Sohn Florian halbtot geschlagen wurde. Also packen Sie endlich aus, denn ich werde nicht zulassen, dass nach diesem Journalisten noch weitere Menschen zu Schaden oder gar ums Leben kommen, nur weil Sie den Kopf in den Sand stecken."

Leitner sagte nichts, starrte Gruber nur wütend an.

„Na schön, ganz wie Sie wollen. Dann werden wir eben andere Maßnahmen ergreifen."

„Und wos möchten'S da macha? Möchten'S mi vielleicht einsperren?"

Gruber nickte. „Gute Idee. Wäre vielleicht sogar das Beste. Aber ich habe etwas anderes vor: Wir werden Sie ab jetzt unter Polizeischutz stellen, und zwar lückenlos und rund um die Uhr."

„Nur zu Ihrer Sicherheit, versteht sich", ergänzte Bischoff.

„I brauch koan Schutz ..."

„Das haben Sie nicht zu bestimmen. Es sei denn, Sie rücken endlich mit der Sprache raus. Was haben Sie angestellt, dass man Ihnen und Ihrer Familie nach dem Leben trachtet?"

Ein Wagen fuhr heran und hielt vor dem Haus.

Georg Leitner.

Gruber und Bischoff schauten schweigend zu, wie sich der junge Mann in seinen Rollstuhl hievte und dann auf sie zukam.

„Sie scho wieda!“, sagte Georg Leitner zu den Beamten. „Wos mechten'S denn jetzt von meim Vatta?“

„Das fragen Sie ihn am besten selbst, würde ich sagen. Vielleicht sagt er Ihnen ja, was Sache ist.“

„Ha?“

„Lass di von dene ned verruckt macha“, sagte Franz Leitner. „De spinnen si do wos zsamm …“

„Und wos zum Beispiel? Wos, des vielleicht mit meim Unfall zsammhängt?“

„I sog doch, reg di ned auf …“, gab Franz Leitner zurück, nun sichtlich überfordert von der Situation.

„Jetzt mecht ich's aber genau wissen“, sagte Georg Leitner. „Hot mei Unfall vielleicht mit dir wos zum tua? Und de Sach mitm Flori vielleicht a?“

„Schmarrn.“

Georg blickte zu den Beamten. „Stimmt des?"

Gruber zögerte kurz. Ihm war vollkommen klar, dass sie dabei waren, die Familie Leitner endgültig zu zerstören. Denn hatte Georg erst einmal begriffen, dass irgendetwas im Vorleben seines Vaters die Kette der verhängnisvollen Ereignisse ausgelöst hatte, was dann? Würde zu seinem bisherigen Leid auch noch die Wut auf seinen Vater kommen, hätte er in gewisser Weise nach seinem pflegebedürftigen Bruder auch noch seinen Vater verloren, wäre er, gefesselt an seinen Rollstuhl, ganz allein auf der Welt. Allein mit seinem Schmerz, seinem Hass, seinen Ohnmachtsgefühlen.

„Ich sag doch", erwiderte Gruber, der dem Georg das gerne erspart hätte. „Fragen Sie ihn selbst ..."

„Jetzt komm erst amoi eina", sagte Franz Leitner zum Georg.

Doch Georg schüttelte energisch den Kopf. „Nix da. Erst sogst du mia, wos los is!"

„Nix is los." Leitner drehte sich um und stapfte ins Haus zurück, ohne seinen Sohn weiter zu beachten.

„Hat mei Vatta wos ausgfressn?"

„Er sagt nein …“, erwiderte Gruber.

„Und Sie?“

„Ich weiß es nicht.“

„Und wos könnt des sei?“

Gruber zuckte mit den Schultern. „Ich sag doch, wir können ihn nicht zwingen, eine Aussage zu machen. Aber vielleicht haben Sie ja mehr Glück.“

Georg Leitner rollte ins Haus und verschwand aus dem Blickfeld der Beamten.

Gruber und Bischoff wechselten einen Blick. „Jetzt wird es spannend“, sagte Bischoff. „Meinst du, er bringt ihn zum Reden?“

„Wenn nicht, werde ich ab morgen dafür sorgen, dass es hier von Polizei nur so wimmelt. Ich habe die Faxen langsam dick.“

25

Der Mann, der Bischoff die Tür öffnete, entsprach genau dem Bild, das sie im Internet von ihm entdeckt hatte: Ein hagerer, jovial wirkender Mann mit faltigem, tief gebräuntem Gesicht, der für sein Alter erstaunlich fit aussah. Er blickte Bischoff neugierig an, sagte aber nichts.

„Herr Manfred Klöppel?“, fragte Bischoff, während sie gleichzeitig horchte, ob sich im Hausinneren etwas tat.

„Der bin ich“, erwiderte der Mann mit ruhiger Stimme. „Und wer sind Sie, wenn ich fragen darf?“

Bischoff hielt ihren Ausweis hoch. „Mein Name ist Bischoff. Ich bin von der Kriminalpolizei und würde Ihnen gerne ein paar Fragen stellen.“

Klöppel blickte an Bischoff vorbei zu ihrem Roadster, den sie entlang des Gartenzauns geparkt hatte. „Wie ein Dienstwagen sieht mir das Ding da aber nicht gerade aus“, sagte er.

„Ist mein Privatwagen …“

Klöppel nickte. „Na schön, kommen Sie rein.“

Bischoff trat ein und blickte sich prüfend um. Zwar war über Klöppel nichts Negatives bekannt, soweit sie bisher in Erfahrung gebracht hatte, aber wissen konnte man nie. Doch bevor sie weiter darüber nachdenken konnte, erklangen aus einem Zimmer am Ende des Flurs Kinderstimmen, die Sekunden später in wüstes Geplärr übergingen.

„Meine zwei Enkel", erklärte Klöppel.

Bischoff nickte nur.

„Gehen wir doch nach oben in mein Arbeitszimmer", schlug Klöppel vor. „Da sind wir ungestört."

„Gerne"

Bischoff folgte Klöppel die Treppe hinauf und weiter in ein geräumiges Eckzimmer, das einer Bibliothek glich. Klöppel wies auf einen der beiden Holzstühle, die vor seinem Schreibtisch standen. „Bitte …"

Bischoff setzte sich.

„Ich kann mir zwar absolut keinen Grund denken, weswegen die Polizei auf mich aufmerksam geworden sein könnte", sagte Klöppel, während er etwas umständlich an seinen Schreibtisch Platz nahm und ein paar Unterlagen beiseiteschob, „aber solange auf so charmante Weise nachgefragt wird, soll es mir recht sein."

„Nun, es betrifft auch nicht Sie persönlich, sondern eine Person, mit der Sie vor langer Zeit zu tun hatten", sagte Bischoff, leicht unsicher, inwieweit sie Klöppel über die bisherigen Geschehnisse informieren sollte.

„Da bin ich ja gespannt … Oh, Entschuldigung, darf ich Ihnen etwas zu trinken anbieten? Einen Kaffee vielleicht? Sie sehen etwas müde aus, wenn ich mir die Bemerkung erlauben darf."

„Danke, vielleicht später."

„Wie Sie möchten." Klöppel beugte sich vor, die Ellbogen auf die Schreibtischplatte gestützt. „Also, dann mal raus mit der Sprache …"

„Sie haben im Sommer 1972 in einem oberbayerischen Dorf namens Beching Urlaub gemacht und dabei eine junge Frau namens Jessica Kopp kennengelernt, die Ihnen anschließend zusammen mit ihrer Tochter Sabrina nach Frankfurt gefolgt ist. Das ist doch richtig, oder?"

Klöppels Gesicht blieb ausdruckslos. „Ja, das ist richtig."

„Darf ich fragen, was aus der Beziehung geworden ist?"

„Leider nicht sehr viel.“ Klöppel lächelte vage. „Sie hat mich nach weniger als drei Monaten verlassen …“

„Einfach so?“

„Nicht einfach so. Sehen Sie mich doch an: Ich bin nicht gerade ein Adonis. Sie dagegen war eine echte Schönheit. Also hatte ich auch keine Illusionen, was diese Beziehung betrifft. Oder genauer gesagt: Ich wusste von Anfang an, dass sie mir nur schöne Augen gemacht hat, um von dort wegzukommen. Ich hatte nur gehofft, dass es ein wenig länger dauern würde, auch wegen ihrer Tochter.“

„Wieso?“

„Nun, ich bin kein Fachmann, aber das Mädel war meines Erachtens schwer gestört. Es hat während der ganzen Zeit kaum ein Wort mit mir gesprochen. Und war auch für die Jessica ein sehr schwieriger Umgang.“

„Haben Sie eigentlich zusammengewohnt?“

„Nein, ich habe zu dieser Zeit noch bei meinen Eltern gewohnt … Ich habe ihr eine kleine Wohnung besorgt.“

„Und, wie ging es weiter?“

„Wie gesagt, nach knapp drei Monaten, in denen ich sie einmal die Woche besuchen durfte, war sie eines Tages ohne jede Ankündigung weg. Das Einzige, was sie mir hinterlassen hat, war ein Brief, in dem sie sich für alles bedankte und mich als einen lieben, großartigen Menschen bezeichnete."

„Haben Sie diesen Brief noch?"

Klöppel schüttelte den Kopf. „Den habe ich längst zerrissen …"

„Sie haben keine Ahnung, wohin oder mit wem sie weg ist?"

„Nein."

„Haben Sie die Frau nachher nochmals wiedergesehen? Oder etwas gehört von ihr?"

„Gesehen nicht. Aber gehört, wenn auch indirekt …"

„Ach ja …"

Klöppel zog eine Schublade in seinem Schreibtisch auf, wühlte darin herum und reichte Bischoff eine Visitenkarte über den Schreibtisch. Es war die Karte einer Frankfurter Privatdetektei. „Im Herbst 1987 ist ein Privatdetektiv aufgetaucht und hat sich nach ihr erkundigt. Er hat mir ziemlich dieselben Fragen gestellt wie Sie jetzt: Warum sie mich verlassen hat, wo sie sein könnte, ob ich etwas von ihr gehört habe …"

„Hat man Ihnen auch verraten, wieso man sie sucht, beziehungsweise, wer der Auftraggeber war?"

„Nein. Aber ich konnte es mir denken. Ein paar Tage zuvor hatte nämlich ein Mann angerufen und nach ihr gefragt. Seinen Namen hat er nicht genannt, aber so, wie er sich ausgedrückt hat, könnte es der Mann gewesen sein, bei dem die Jessica damals in Beching gewohnt hat."

„Der Franz Leitner?"

„Genau der."

„Und anschließend haben Sie nichts mehr gehört, weder vom Leitner noch von diesem Detektiv?"

„Nein."

„Apropos Leitner! Was hat Ihnen die Jessica über den Mann erzählt? Immerhin hat sie fast ein Jahr auf seinem Hof gewohnt."

Klöppel schüttelte den Kopf. „Darüber wollte sie nicht reden …"

„Hat sie auch einen Grund dafür genannt?"

„Nein … Aber jetzt verraten Sie mir endlich, wieso Sie nach so langer Zeit auch nach ihr suchen?"

„Wir haben einen Mordfall zu klären, und

Jessica könnte uns vielleicht weiterhelfen. Mehr kann ich nicht sagen …“ Bischoff stand auf.

26

Kramer schob den leeren Teller zurück, wischte sich mit der Serviette sorgfältig den Mund ab und nahm einen Schluck seines alkoholfreien Biers. Er rülpste verhalten und blickte zu der Uhr am Turm der Stadtkirche hoch. Halb zwei vorbei.

„War alles recht?“, fragte die Bedienung, eine junge Frau im Dirndl.

„Bestens. Obwohl ich mal gelesen habe, dass man Weißwürste vor zwölf Uhr mittags essen soll.“

„Ah, des gilt schon lange nicht mehr. Die schmecken doch immer.“

Die Bedienung nahm Teller, Besteck und den Brotkorb an sich und verschwand damit im Inneren der Gaststätte. Kramer lehnte sich zurück und musterte die Gruppe von älteren Leuten, die eben aus dem Seiteneingang der Kirche kam. Er überlegte, wann er das letzte Mal eine Kirche aufgesucht hatte. Er konnte sich nicht erinnern. Sein Blick wanderte über den Stadtplatz, hin zu der italienischen Eisdiele, wo Alex allein an einem Tisch saß, eine Tasse Kaffee vor sich, und in einer Zeitschrift blätterte.

„Habe ich Sie lange warten lassen?", fragte die blonde, leicht dickliche Frau um die fünfzig, die vor seinem Tisch Halt gemacht hatte und ihn forschend anblickte.

„Aber nicht doch", erwiderte Kramer und deutete auf den Stuhl gegenüber. „Bitte, nehmen Sie doch Platz." Die Frau setzte sich und lächelte nichtssagend. Kramer war beeindruckt. Wenn man die Frau so ansah, wäre man niemals auf den Gedanken gekommen, dass sie für eine kriminelle Organisation Spitzeldienste ausübte. Dieser Anwalt hatte wirklich ein feines Händchen für Mitarbeiter.

„Möchten Sie etwas essen?", fragte Kramer.

„Im Augenblick nicht, danke, aber …"

„Grüß Gott, Sie wünschen bitte?", unterbrach die Bedienung die Frau.

„Ich hätte gern eine Apfelschorle."

„Kommt sofort."

Die Bedienung drehte ab und Kramer vergewisserte sich, dass niemand in Hörweite saß, bevor er mit gedämpfter Stimme sagte: „Also, wie steht es?"

Die Frau zögerte kurz. „Ich habe leider schlechte Nachrichten", sagte sie dann. „Gestern war noch alles ruhig, aber jetzt haben sie irgendwie herausgefunden, was Sache ist. Jedenfalls steht ein Streifenwagen vor seinem Haus, auf dem Dorfplatz steht auch einer, und wer weiß, wo sich sonst noch Polizei aufhält. Vielleicht haben sich auch welche bei ihm einquartiert und warten nur darauf, dass man versucht, an ihn ranzukommen."

„Der Leitner, was sagt der dazu?"

„Der hüllt sich noch immer in Schweigen, soviel ich erfahren habe."

„Fragt sich nur, wie lange?"

„Ja. Aber das würde jetzt auch nichts mehr ändern, oder?"

„Nein, eigentlich nicht."

„Jedenfalls sehe ich jetzt keine Chance mehr für Sie, an den Mann ranzukommen. Es sei denn, Sie wollen Krieg spielen."

„Bitte sehr, Ihre Apfelschorle …" Die Bedienung stellte das Glas auf dem Tisch ab und eilte weiter.

Kramer starrte mit verbissenem Gesichtsausdruck ins Leere. Er hatte zwar mit dieser Entwicklung gerechnet, aber doch gehofft, dass er vorher noch eine Gelegenheit finden würde, um Leitner irgendwie aus dem Dorf zu schaffen. Zu spät. Dieser verdammte Kommissar!

„Haben Sie auch diesen Kommissar Gruber gesehen?“, fragte er.

„Ich habe gestern sogar mit ihm gesprochen …“

„Was halten Sie von ihm?“

„Raue Schale, harter Kern, würde ich sagen.“

„Tatsächlich?“

„Ja. Und Sie, was haben Sie jetzt vor?“

„Kann ich noch nicht sagen. Wie lange bleiben Sie noch dort?“

„Bis zum Ende der Woche, wie vereinbart.“

„Gut, wir bleiben in Verbindung …“ Kramer holte seine Brieftasche hervor, überschlug kurz, wie hoch die Rechnung sein könnte und legte fünfzehn Euro auf den Tisch. Er nickte der Frau zu und ging los, vorbei an der Eisdiele, einem Kaufhaus und einer Bank. An der Ecke bog er nach rechts in eine Gasse ein und verlangsamte seine Schritte. Gleich darauf hörte er Alex hinter sich herankommen.

„Wie sieht es aus?“, fragte sie.

„Die Sache hat sich erledigt, würde ich sagen. Die Polizei weiß Bescheid und bewacht sein Haus und vielleicht das ganze Dorf dazu. Es sei denn, der Herr Anwalt hat noch eine Idee …“

„Ich habe gleich gesagt, wir sollten nicht so lange warten …“

„Sicher. Aber ich bin zu alt, um mich erwischen zu lassen, nur weil die Sache nicht gründlich genug geplant war.“

„Was machen wir jetzt?“

„Ich würde sagen, wir fahren zurück ins Hotel und warten ab. Machen uns noch ein paar schöne Tage in Salzburg.“

27

„Freut mich, dass Sie gleich Zeit hatten", sagte Bischoff und schüttelte Holger Benesch die Hand.

„Ich bitte Sie, für die Polizei sind wir doch immer zu sprechen", erwiderte Benesch, ein drahtiger, energisch auftretender Mann um die fünfzig, und bat Bischoff, ihm in ein Büro am Ende des Flurs zu folgen.

„Bitte, nehmen Sie doch Platz …" Benesch deutete auf die Couchgarnitur mit Glastisch, auf dem diverse Fruchtsäfte und Mineralwasser bereitstanden. Er nahm vom Schreibtisch einen Schnellhefter und setzte sich schräg gegenüber Bischoff in einen Sessel.

„Scheint so, als wären Sie gut im Geschäft", sagte Bischoff.

„Nun ja, wir haben zu zweit angefangen und heute beschäftige ich über zwanzig Leute."

„Was sind die Schwerpunkte Ihrer Tätigkeit?"

„Nun, in erster Linie beschäftigten wir uns mit Industriespionage und Computerkriminalität. Wobei gerade Letzteres immer mehr zunimmt. Aber wir machen auch Schwarzarbeiter ausfindig, suchen Kreditbetrüger, abgetauchte Heiratsschwindler oder windige Geschäftemacher, die ihren Partner aufs Kreuz gelegt haben. Ein aktuelles Beispiel in diesem Zusammenhang ist ein junger Mann, der mit den Ersparnissen seiner Eltern durchgebrannt ist ..."

„Interessant ..."

„Ja, aber Sie haben sicher nicht den weiten Weg gemacht, um sich über die Geschäftspraktiken einer Frankfurter Privatdetektei zu informieren." Er nahm den Schnellhefter zur Hand und blätterte die paar Seiten durch. „Mein Partner von damals, der 1987 Herrn Klöppel aufgesucht hat, ist vor einigen Jahren krankheitsbedingt aus der Firma ausgeschieden und lebt jetzt auf Mallorca, aber ich denke, ich kann Ihnen auch so alle Fragen beantworten." Er lächelte gewinnend. „Natürlich geben wir normalerweise ohne richterlichen Beschluss keine Auskünfte über Klienten, aber in diesem speziellen Fall mache ich eine Ausnahme."

„Was ist daran denn so speziell?"

„Einiges. Aber fangen wir von vorne an: Am 16. Oktober 1987 hat uns ein Herr namens Franz Leitner aus Beching im Landkreis Traunstein damit beauftragt, eine gewisse Jessica Kopp ausfindig zu machen. Als Grund gab er an, dass die Frau vor fünfzehn Jahren bei ihm gewohnt habe und er wieder mit ihr in Kontakt treten möchte. Also im Grunde eine simple Adressenermittlung. Die letzte Information, die er dazu hatte, war die, dass sie im August 1972 mit einem gewissen Manfred Klöppel nach Frankfurt gegangen sei. Also haben wir den Herrn Klöppel aufgesucht, das Ergebnis kennen Sie …"

„Ja, er hat angegeben, dass ihn die Frau nach knapp drei Monaten verlassen und sich nie wieder gemeldet habe."

„Exakt. Was uns zunächst einmal zu denken gegeben hat. Ich meine, nachdem es auf Seiten der Frau Kopp, im Gegensatz zu Herrn Klöppel, offensichtlich nicht die große Liebe war, wäre es natürlich möglich gewesen, dass Herr Klöppel mit der Frau deswegen eine Auseinandersetzung hatte, sie dabei getötet hat und die Leiche verschwinden ließ. Und das Gleiche mit ihrer Tochter gemacht hat …"

„Eine grauenhafte Vorstellung!"

„Sicher. Aber eine durchaus realistische, wie uns die Erfahrung gelehrt hat."

Bischoff nickte nur.

„Aber nachdem Klöppel in dieser Hinsicht nichts nachzuweisen war, jedenfalls nicht mit unseren Mitteln, haben wir weitergesucht. Herr Leitner wollte nämlich unbedingt einen Erfolg sehen, beziehungsweise am Geld sollte es nicht scheitern, wie er betonte. Also haben wir weiter recherchiert und nach einiger Zeit einen Hinweis erhalten, der uns ins Bahnhofsviertel geführt hat. Genauer gesagt, zu einem gewissen Zoltan Slabo, einem gebürtigen Jugoslawen mit besten Verbindungen ins kriminelle Milieu. Und dabei wurde es dann wirklich interessant. Oder genauer gesagt: gefährlich …"

„Sie wurden bedroht …?" fragte Bischoff.

„Mehr als das. Man hat auf unser Büro einen Brandanschlag verübt. Zum Glück mitten in der Nacht, so dass niemand dabei zu Schaden kam. Der Sachschaden war allerdings beträchtlich. Ein paar Tage später kam ein anonymer Brief, in dem stand, wenn es wieder brennt, würden wir uns mittendrin befinden."

„Oh…"

„Wir haben natürlich Anzeige gegen Unbekannt erstattet und der Polizei die wenigen Informationen, die wir hatten, übergeben, aber leider ist nichts dabei herausgekommen."

„Das war sicher ein sehr schwerer Schlag für Sie?“

„Im ersten Moment schon. Aber nachdem sich die Sache herumgesprochen hatte, waren wir plötzlich sehr gefragt.“ Er lächelte breit. „Eine Firma, die für ihre Klienten buchstäblich durchs Feuer geht, das hat Eindruck gemacht, und uns in der Folgezeit jede Menge Aufträge beschert. Das Ergebnis sehen Sie …“

Bischoff nickte.

„Das heißt dann wohl, dass Jessica Kopp, auf welchem Weg auch immer, in Unterweltkreisen gelandet ist?“, fragte sie.

„Richtig. Und dass sie nicht wollte, dass man sie findet oder ihr gar zu nahe kommt.“

Bischoff überlegte kurz, ob sie Benesch über den Brand auf Leitners Hof informieren sollte, ließ es dann aber sein. Das Puzzle fügte sich jedenfalls langsam. Durch die Beziehung mit diesem Gangster war es ihr möglich geworden, diesen Rachefeldzug in die Wege zu leiten. Dafür konnte es nur ein Motiv geben: Der Leitner hatte der Frau etwas Fürchterliches angetan. Aber wäre sie dann nicht sofort geflüchtet oder hätte sich an die Polizei gewandt, statt abzuwarten und mit einer Zufallsbekanntschaft wie dem Manfred Klöppel wegzugehen?

„Sie haben Ihre Ermittlungen daraufhin also eingestellt?“, fragte sie.

„Ja.“ Benesch lächelte. „Entgegen dem, was man im Fernsehen so sieht, sind wir keine einsamen Helden der Großstadt. Dieser Slabo war zu dieser Zeit zwar nur ein kleiner Fisch im großen Haifisch-Becken der jugoslawischen Mafia, die damals hier in Frankfurt das Sagen hatte, aber dennoch ein sehr gefährlicher Mann, zumal sein Onkel einer der Bosse war. Sich mit diesen Leuten anzulegen, wäre Selbstmord gewesen. Also haben wir Herrn Leitner mitgeteilt, dass wir leider keinen Erfolg hatten und auch keine Aussicht besteht, dass wir die Frau ausfindig machen können.“

Benesch registrierte die Enttäuschung in Bischoffs Gesicht und lächelte erneut. „Trotzdem hat mir die Sache natürlich keine Ruhe gelassen, und so bin ich quasi in der ersten Reihe gesessen, als Slabo ein paar Jahre später vor Gericht stand, weil er Schmiergelder eingesammelt und an verschiedene Lokalpolitiker verteilt haben sollte. Dabei ist mir unter den Zuschauern eine junge Frau aufgefallen, die eine frappierende Ähnlichkeit mit der Frau auf dem Foto hat, das uns Herr Leitner von Jessica Kopp überlassen hatte."

„Die Tochter? Sabrina?"

„Es sah jedenfalls ganz danach aus."

„Haben Sie versucht, mit ihr zu sprechen?"

Benesch schüttelte den Kopf. „Sie war nur einmal da, und da leider nicht allein."

„Glauben Sie, sie war mit diesem Gangster liiert?"

„Nach den zwei Typen zu urteilen, die sie im Schlepptau hatte, würde ich sagen: ja."

„Das würde ja bedeuten …"

„Genau. Erst die Mutter, dann die Tochter …", ergänzte Benesch.

„Und dieser Slabo …?"

„Dem war erwartungsgemäß nichts nachzuweisen, und er ist, soviel ich weiß, vier oder fünf Jahre später von der Bildfläche verschwunden."

„Und Sabrina?"

„Keine Ahnung, was aus der geworden ist. Aber es gibt da einen Gerichtsreporter, der hat damals alle Prozesse verfolgt und kennt sich im Milieu auch bestens aus. Ralph Vogelsang. Der könnte Ihnen eventuell weiterhelfen."

Benesch stand auf, holte ein Buch aus dem

Bücherregal hinter dem Schreibtisch und reichte es Bischoff. AUS NÄCHSTER NÄHE. Täter vor Gericht. Von Ralph Vogelsang. „Der Mann ist fast schon eine Legende in seiner Branche. Haben Sie ihn nie im Fernsehen gesehen?“

„Leider nein …“

Bischoff steckte das Buch in ihre Tasche, erhob sich und streckte Benesch die Hand hin. „Also, haben Sie vielen Dank …“

„Gern geschehen.“

28

Es dauerte erneut eine ganze Weile, bis Franz Leitner auf das Klopfen von Gruber reagierte. Die Tür nur einen Spalt breit geöffnet, starrte er Gruber wortlos an, mit blankem Hass in den Augen. Gruber verstand sofort, woher dieser Hass rührte: Georg Leitner hatte mit seinem Vater gebrochen. Gruber fühlte Bitterkeit in sich aufsteigen. Der Alte tat ihm nicht leid, ganz im Gegenteil. Der Mann hatte in Bezug auf Jessica Kopp zweifellos Dreck am Stecken. Er hatte durch sein Schweigen auch noch den Tod von Jakob Reiter heraufbeschworen. Aber Georg Leitner, wie musste der sich fühlen, nachdem er erkannt hatte, dass sein Vater für sein verpfuschtes Leben verantwortlich war, dass sein Bruder ein Pflegefall war, dass er kein Zuhause mehr hatte, weil sein Vater etwas auf dem Kerbholz hatte. Blieb allein die Frage, ob Leitner seinem Sohn erzählt hatte, was damals vorgefallen war, oder nicht?

„Herr Leitner …"

„Wenn i könnt, wia i mecht, dad i Eahna auf der Stell übern Haufen schiaßn", erwiderte Leitner mit vor Wut zitternder Stimme.

Gruber nickte. „Das verstehe ich sogar. Trotzdem müssen wir noch mal miteinander reden, ob Ihnen das nun passt oder nicht."

„Da Georg war des Oanzige, wos i no ghabt hab …"

„Ja, ich weiß. Haben Sie wenigstens ihm erzählt, was damals passiert ist?"

„Es gibt nix zum Erzähln, und damit basta."

„Wie Sie wollen. Aber ich hätte Ihnen einiges zu erzählen …"

„Interessiert mi ned. Und jetzt schleichens Eahna, bevor i mi vergiß."

„Ich kann Sie auch in mein Büro schaffen lassen, wenn Ihnen das lieber sein sollte."

Leitner spähte an Gruber vorbei und machte eine Kopfbewegung zu dem Streifenwagen, der in der Hofeinfahrt stand, besetzt mit zwei Beamten. „Wos möchten'S damit eigentlich bezwecken?", stieß er hervor. „Dass mi im Dorf alle für an Schwerverbrecher halten?"

„Ich möchte nur, dass Sie am Leben bleiben", erwiderte Gruber. „Jedenfalls solange, bis ich herausgefunden habe, warum man Sie töten will."

„Da können'S lang warten …"

„Vielleicht auch nicht. Meine Kollegin Bischoff ist nämlich gerade dabei, in Frankfurt ein paar Erkundigungen einzuziehen. Wissen Sie, was sie dabei herausgefunden hat?"

„Na, und es mia a wurscht."

Gruber tippte Leitner mit dem linken Zeigefinger an die Brust. „Jetzt hören Sie endlich auf, den Dorftrottel zu spielen. Sie haben nach dem Brand Ihres Hofs eine Frankfurter Privatdetektei beauftragt, nach Jessica Kopp zu suchen. Sie hatten also damals schon den Verdacht, dass sie dahinter stecken könnte. Fragt sich nur, wieso? Weil Sie vielleicht eine erzwungene Bettgeschichte mit ihr hatten? Nicht sehr plausibel. Viel wahrscheinlicher erscheint mir, dass Sie sich an der Tochter vergangen haben!"

„I woaß ned, von was Sie reden …"

Gruber schüttelte den Kopf, verwirrt über soviel hartnäckiges Leugnen. „Mein Gott, Herr Leitner, warum machen Sie es sich so schwer? Warum geben Sie nicht endlich zu, dass Sie die kleine Sabrina missbraucht haben. Oder waren vielleicht noch andere Männer aus dem Dorf hier daran beteiligt? Wollen Sie die schützen?"

Leitner blickte zu Boden, in seinem Gesicht arbeitete es. Nach ein paar Sekunden trat er zurück und bedeutete Gruber mit einer Handbewegung, ins Haus zu kommen. Er ging voran ins Wohnzimmer, nahm aus dem Schrank eine Flasche mit Birnenschnaps und zwei Gläser, stellte alles auf den Tisch und schenkte sich und Gruber ein. Gruber zögerte kurz, kippte den Schnaps dann hinunter und hielt Leitner auch nicht davon ab, die Gläser erneut zu füllen. Warum nicht, dachte er grimmig, wenn es der Wahrheitsfindung dient. Das dritte Glas schob er jedoch von sich und blickte Leitner, der sich inzwischen ebenfalls an den Tisch gesetzt hatte, erwartungsvoll an.

„Des mit der Sabrina war nur a paar Moi", murmelte Leitner schließlich. „Mehr sog i ned dazua …"

„Dass es nur ein paar Mal passiert sein soll, was ich Ihnen übrigens nicht abnehme, spielt dabei doch überhaupt keine Rolle", sagte Gruber. „Sie haben ein kleines Mädchen, auf das Sie eigentlich hätten aufpassen sollen, auf die schändlichste Weise hintergangen und ausgenutzt."

Leitner starrte in sein Schnapsglas und sagte nichts.

„Herr Leitner …"

Leitner blickte auf. „Wos möchten'S denn no hör'n? Dass ma leid tuat?"

„Dass es Ihnen vielleicht leid tut, interessiert mich nicht. Mich interessiert im Augenblick vielmehr, ob Sie außer der Sabrina noch andere Mädchen missbraucht haben?"

„Na …" Leitner schüttelte heftig den Kopf. „Gwiss ned …"

„Ich weiß nicht, ob ich Ihnen das glauben kann."

„Is aber so. I woaß a ned, wos damals in mi gfahrn is …"

„In Sie gefahren!", wiederholte Gruber zornig. „Jetzt sagen Sie bloß noch, Sie hätten nichts dagegen ausrichten können …"

Leitner sagte nichts.

Gruber lehnte sich erschöpft zurück, betrachtete gedankenverloren die Unordnung in der Stube und schwieg eine Weile.

„Gut, dann lassen wir das fürs Erste", sagte er schließlich. „Also haben Sie damals bei dem Brand schon den Verdacht gehabt, dass er mit dem Missbrauch etwas zu tun haben könnte?"

Leitner nickte. „Mia is scho de Gschicht mitm Pfarrer komisch vorkemma. Des hot einfach ned zu eahm passt. Aber wias dann bei mir brennt hot, war mia klar, dass des vielleicht daher rühren könnt. Und nachdem mia der Lackel, mit dems nach Frankfurt abghaut is, nix sogn wollt, hob i an Privatdetektiv engagiert …"

„Aber ohne Erfolg."

„Genau. Hot mi nur an Haufa Geld kost … Aber wia dann a Zeitlang a Ruah war, hob i dacht, vielleicht hob i mi doch teischt. Bis dann des mitm Georg passiert is …"

„Spätestens dann aber hätten Sie handeln müssen. Schon um ihren zweiten Sohn, den Florian, zu schützen."

„Hob i doch, wos glabn Sie denn?"

„Und wie?"

„I war zu derer Zeit ab und zua in Salzburg bei a Schnalln, und de hob i gfrogt, obs ned jemanden kenna dad, der do amoi nachforschen könnt, in Frankfurt obn …"

„Und?"

„Sie hot a oan auftriebn, aber i hob von dem Kerl nix mehr ghört, obwoi i eahm an Hauffa Geld versprocha hob."

„Weiter …?"

„Dann wollt i, dass er wegziagt, da Flori. Anbettelt hob i eahm, dass er woanders hi geht, am besten glei ins Ausland, meinetwegen sogar Australien. Ois hätt i eahm finanziert, a Geld is ja da, i hätt nur a paar Hektar Woid verkaffa müssn. Aber na, auf Traunstoa wollt er ziagn, der Aff, der blede. Und da hams dann a dawischt." Leitner zitterte, war inzwischen den Tränen nahe.

Gruber zweifelte daran, ob dies wirklich etwas genutzt hätte. Denn so effizient und gnadenlos, wie dieser Rachefeldzug inszeniert war, hätte man den Florian vermutlich überall aufgespürt. Er sagte: „Vielleicht hätten Sie ihm einfach die Wahrheit sagen sollen! Vielleicht nicht die ganze Wahrheit, aber doch soviel, dass er gewusst hätte, was auf dem Spiel steht."

„Dann hätt aber er gwusst, warum der Georg im Rollstuhl sitzt." Leitner verstummte und nahm einen hastigen Schluck aus der Flasche.

„Sie haben jetzt nur geschwiegen, weil Sie verhindern wollten, dass der Georg den wahren Grund seines angeblichen Unfalls erfährt?"

Leitner nickte nur.

„Aber jetzt kennt er ihn, oder?"

Leitner nickte erneut. „I hob eahm ois gsogt. Ois, wos i Eahna grod gsogt hob."

„Wie hat er darauf reagiert?"

„Dass er ned glabt, dass des ois war, wos passiert is. Und dass i mi besser aufhänga soi …“

Vielleicht die beste Lösung, dachte Gruber, dann wäre das Problem gelöst. „Na schön, wenn das so ist, dann könnten Sie sich jetzt ja in Sicherheit bringen und damit für Ruhe im Dorf sorgen …“

Leiter schüttelte den Kopf. „Mia is scho längst ois wurscht. Sollens doch kemma.“

„Damit wieder andere zu Schaden kommen! Reicht Ihnen der Tod des Jakob Reiter nicht?“

Leitner sagte nichts. Er stierte nur kurz vor sich hin, bevor er wieder zur Flasche griff und weiter trank. Aber Gruber hatte auch so genug gehört. Er stand auf und ging grußlos.

29

Die Legende der Gerichtsreportage erwartete Bischoff bereits im Treppenhaus. Auf einen Stock gestützt, stand er am Treppengeländer und blickte Bischoff gespannt entgegen. Bischoff war beeindruckt. Der Mann war für sein Alter noch immer eine elegante Erscheinung und erinnerte sie an einen Schauspieler, den ihre Mutter bewundert hatte. Schönbeck oder so.

„Hallo, Herr Vogelsang. Schön, dass Sie gleich Zeit hatten …"

„Sie haben Glück, dass Sie heute kommen. Morgen wäre es vielleicht zu spät gewesen."

„Wie bitte?" Sie schüttelten sich die Hände.

„Ich habe morgen einen OP-Termin. Die Ärzte sagen zwar, nur ein kleiner Routineeingriff, aber in meinem Alter …"

Vogelsang war Jahrgang 1932, wie Bischoff dem Klappentext seines Buches entnommen hatte. Sie folgte dem Mann in die Wohnung, wo sie von zwei Katzen erwartet wurden, die den Flur entlang schlichen und Bischoff neugierig beäugten.

„Gehen wir in die Küche", sagte Vogelsang. „Ich mache mir gerade einen Kaffee. Zwar Gift für mich, wie mir von allen Seiten versichert wird, aber nachdem ich schon das Rauchen aufgegeben habe … Möchten Sie auch einen?"

„Gerne."

„Sie möchten also Informationen über die Frankfurter Unterwelt der achtziger und neunziger Jahre?", fragte Vogelsang, nachdem er den Kaffee serviert und Bischoff gegenüber Platz genommen hatte.

„Genau. Vor allem über einen gewissen Zoltan Slabo …"

Vogelsang schloss kurz die Augen, bevor er sagte: „Der gute alte Zoltan. Über den gäbe es viele Geschichten zu erzählen …"

„Ach ja?"

„Der wollte eigentlich Filmschauspieler werden. Talent hätte er sogar gehabt, aber leider war er viel zu impulsiv und ungeduldig. Bei seinem zweiten Film ist er mit dem Regisseur, einem dieser Jungfilmer, derart aneinander geraten, dass ihm anschließend niemand mehr eine Rolle geben wollte. Also ist er in das Geschäft seines Onkels eingestiegen, Import-Export …"

„Von Waffen, Drogen und Frauen, vermute ich."

„Exakt."

„Also ein waschechter Gangster?"

„Absolut."

„Diese Geschichten, betreffen die auch sein Privatleben?"

„Worauf wollen Sie hinaus?"

„Auf die Frauen in seinem Leben. Hatte er feste Bindungen oder war er vielleicht sogar mal verheiratet?"

„Das war er tatsächlich. Und wenn nicht alles täuscht, ist es ihm nicht gut bekommen."

„Wieso? Ist sie mit seinem Geld durchgebrannt?"

„In gewisser Weise ja …" Vogelsang trank einen Schluck Kaffee. „Allerdings hat sie zusätzlich dafür gesorgt, dass er ihr nicht hinterher kommt."

„Heißt das, sie hat ihn umgebracht?"

„Das ist bis heute ungeklärt. Tatsache ist nur, dass man ihn im Jahr 2001 mit einer Ladung Kokain erwischt hat und er zu einer sechsjährigen Gefängnisstrafe verurteilt wurde. Die er nach zwei Jahren aufgrund einiger Messerstiche in die Brust, von denen mindestens einer tödlich war, vorzeitig beenden durfte."

„Sieh an … sie hat seine Geschäfte weitergeführt, oder wie?"

„Richtig. Jedenfalls noch eine Zeit lang. Aber jetzt lebt sie schon seit vielen Jahren sehr zurückgezogen in einer alten Villa im Taunus."

„Und das nicht schlecht, vermutlich?"

„Ja, Geld hat sie genug. Da sind Millionen geflossen, vor allem dank ihrer Immobiliengeschäfte. Damit konnte man zu dieser Zeit viel mehr Profit machen als mit Drogen oder Waffen. Das Risiko war dank politischer Rückendeckung minimal."

Bischoffs Handy klingelte. Sie blickte auf das Display: Gruber. „Entschuldigen Sie bitte, aber es könnte wichtig sein."

„Natürlich …"

„Ja …?"

„Er ist endlich rausgerückt damit", sagte Gruber. „Er hatte was mit der Tochter, behauptet aber, dass es nur wenige Male passiert sei …"

„So ein Scheißkerl!"

„Ja."

„Und jetzt?"

„Ich weiß noch nicht. Kommt darauf an, was du herausfindest. Wo bist du gerade?"

„Ich bin bei dem Vogelsang, dem Gerichtsreporter. Ich glaube, ich bin auf der richtigen Spur und rufe dich zurück, wenn ich mehr weiß."

„Gut. Bis dann."

Bischoff legte ihr Smartphone beiseite und konzentrierte sich wieder auf Vogelsang. „Diese Frau, lautet Ihr Name zufällig Sabrina Kopp?"

Vogelsang blickte Bischoff erstaunt an. „Nein. Lilian Sabena …"

„Lilian Sabena …", wiederholte Bischoff, bemüht, sich ihre Enttäuschung nicht allzu sehr anmerken zu lassen. „Klingt fast zu schön, um wahr zu sein."

„Sie suchen also eine Frau namens Sabrina Kopp?"

„Ja …"

„Wieso, wenn ich fragen darf?"

„Es gibt Hinweise, dass sie in einen Mordfall verwickelt ist, den wir gerade bearbeiten."

„In Traunstein?"

„Nein, in einem Dorf in der Nähe …"

„Wie alt soll die Dame sein?"

„Circa Mitte fünfzig …"

„Das käme hin."

„Wohnt sie allein in dieser Villa?"

„Soviel ich weiß, ist ein Ehepaar aus Zoltans Heimat bei ihr, als Hausmeister und Köchin. Ansonsten lebt sie, wie gesagt, sehr zurückgezogen. Ihr einziger Vertrauter ist ein ehemaliger Anwalt namens Gerald Loban. Eine echte Schande für seinen Berufsstand …“

„Was ist ihm denn zum Verhängnis geworden?“

„Er hat Zeugen unter Druck gesetzt, unter anderem.“

„Was macht er heute?“

„Er fädelt Geschäfte ein. Geschäfte jeder Art …“

30

Kramer trat aus dem Badezimmer und blickte nachdenklich zu Alex, die halbnackt ausgestreckt auf dem Bett lag und in einem Prospekt blätterte. Er war der Frau nicht böse, dass sie ihn wie einen Freier bedient hatte. Aber doch ein wenig enttäuscht. Immerhin waren sie ein Team, auch wenn es so aussah, als würden sich ihre Wege demnächst trennen. Er ging wortlos zum Fenster, schob den Vorhang beiseite und schaute auf die Salzach und die dahinter liegende Altstadt. Spielte noch einmal das Szenario durch, das er sich unter der Dusche ausgedacht hatte. Machbar wäre es, sagte er sich, und einen Versuch wäre es allemal wert, sollte die Bezahlung stimmen. Zugegeben, er würde Kopf und Kragen dabei riskieren, vielleicht sogar Folter und den Tod.

Gab es überhaupt eine Alternative? Er traute diesem Anwalt nicht. Schließlich hätte der Mann nichts dagegen gehabt, wenn er Alex liquidiert hätte, statt ihr die fünfzigtausend Euro Schweigegeld zu übergeben. Also stand zu befürchten, dass er selbst auf der Abschussliste landete, sollte er jetzt unverrichteter Dinge aussteigen. Schön, die hundertfünfzigtausend Euro Vorschuss würden ihm einen kleinen Vorsprung verschaffen, aber letztendlich würde er sich zeitlebens in Acht nehmen müssen.

Er drehte sich um und fixierte Alex. Sie lächelte anzüglich und sagte: „Was ist? Hast du dich im Bad wieder in Stimmung gebracht?"

Kramer nickte. „In gewisser Weise ja. Aber nicht so, wie du denkst." Er lief ein paar Schritte im Zimmer auf und ab und setzte sich dann zu Alex auf das Bett: „Ich hätte da eine Frage: Wärst du bereit, alles auf eine Karte zu setzen?"

„Du meinst, Leben oder Tod?"

„Ja. Oder lebenslänglich Knast ..."

Die Frau richtete sich auf. „Wenn es sich lohnt, warum nicht?"

„Gut, dann zieh dich an. Wir machen einen kleinen Spaziergang. Mal sehen, was unser Freund dazu meint ..."

„Wenn er überhaupt noch mit uns spricht?"

„Das wird er, keine Sorge."

Gut zwanzig Minuten später schlenderten sie über die Staatsbrücke hinüber zur Altstadt, wie Dutzende von Touristen auch. Am anderen Ufer angekommen, suchten sie sich ein ruhiges Plätzchen und Kramer holte sein Handy aus seiner Jackentasche.

Der Anwalt war sofort am Apparat. „Ich höre …“ Es klang sehr übellaunig.

Kramer lächelte. „Es gäbe da vielleicht doch noch eine Möglichkeit, die Sache zu erledigen. Sehr riskant zwar, aber machbar. Allerdings hat das Ganze einen Haken: Selbst wenn es klappt, muss ich nachher von der Bildfläche verschwinden. Und zwar für den Rest meines Lebens. Wenn es nicht klappt, bedeutet das entweder meinen Tod oder lebenslänglich Knast.“

„Und die Frau?“

„Für die gilt dasselbe.“

„Wann?“

„Vielleicht schon morgen …“

„Gut. Wie viel?“

Kramer überlegte kurz. Er hatte ursprünglich vorgehabt, zwei Millionen zu verlangen, aber die knappe, sachliche Art, wie der Anwalt damit umging, veranlasste ihn, den Preis zu erhöhen. Schon, um ein bisschen Verhandlungsspielraum zu haben. „Drei Millionen“, sagte er. „Nicht gerechnet die hundertfünfzigtausend, die ich bereits erhalten habe.“

„Das ist sehr viel Geld …“

„Sicher. Andererseits ist es nur Geld, während ich bei der Sache Kopf und Kragen riskiere."

„Okay, ich beschaffe das Geld, und Sie beschaffen den Mann. Aber bezahlt wird erst bei Lieferung."

„Gut. Ich halte Sie auf dem Laufenden."

Kramer steckte das Handy wieder ein.

„Jetzt sag schon, was hast du vor?", fragte Alex.

„Ganz einfach, wenn wir es nicht schaffen, den Mann da rauszuholen, muss es eben ein anderer für uns tun."

31

Bischoff hatte eigentlich vorgehabt, den Abend vor dem Fernseher zu verbringen, doch geduscht und schon in ihren Bademantel gehüllt, fiel es ihr plötzlich schwer, im Zimmer zu bleiben. Also entschied sie, erst einen kleinen Spaziergang zu unternehmen und dann einen Blick in die Hotelbar zu werfen. Sie zog sich wieder an, verstaute die Heckler & Koch in ihrer Handtasche, und fuhr mit dem Lift nach unten. In der Empfangshalle stand ein junges Pärchen an der Rezeption und unterhielt sich mit dem Portier, sonst war niemand zu sehen. Bischoff trat ins Freie hinaus und wandte sich nach links, wo sich eine kleine Grünanlage erstreckte. Sie durchquerte den Park und fand sich in einer mäßig belebten Straße wieder, mit alten Wohnhäusern und ein paar kleinen Läden zu beiden Seiten. Ein eher trister Anblick, der sie veranlasste, nach wenigen Minuten wieder kehrtzumachen, zumal es unversehens recht windig geworden war. Die Hotelbar entsprach ihren Erwartungen, die bei null gelegen hatten. Ein mit rotem Plüsch tapezierter Raum mit einem Tresen und ein paar Sitzecken, bevölkert von einem träge wirkenden Barkeeper und zwei Männern mittleren Alters, die in einer Ecke saßen und angeregt miteinander plauderten. Aus einem Lautsprecher hinter dem Tresen erklang leise Musik. Al Green mit „I'm Still In Love With You". Sie setzte sich auf den Hocker gleich am Eingang, bestellte sich einen Gin Tonic und lauschte der Musik.

Etwa zehn Minuten später betrat ein Mann die Bar. Ein großer, kräftiger, selbstsicher wirkenden Mann um die vierzig, bekleidet mit einem braunen Anzug von der Stange. Er blickte sich prüfend um, ohne Bischoff besondere Aufmerksamkeit zu schenken, und stellte sich dann an den Tresen.

„Sie wünschen bitte?", fragte der Barkeeper.

„Einen Espresso bitte."

„Sofort, der Herr …"

Bischoff behielt den Mann im Auge. Der Typ verstand es, auf sich aufzupassen, keine Frage. War auch ohne Waffe gefährlich. Hatten sich ihre Ermittlungen schon herumgesprochen? War der Kerl hier aufgekreuzt, um sie zu stoppen? Und tatsächlich, kaum hatte er seinen Espresso serviert bekommen, trat er mit der Tasse in der Hand an sie heran.

„Darf ich Sie zu einem Drink einladen, schöne fremde Frau?“, fragte er mit einem Lächeln.

„Zu mehr nicht?“, erwiderte Bischoff.

„Das hätten Sie mich vor vier Jahren fragen müssen …“ Er stellte die Tasse auf dem Tresen ab und hielt seine Hand mit dem Ehering hoch.

„Und dann?“

„Dann hätten wir möglicherweise einen sehr amüsanten Abend verbracht.“

„Seltsame Art, eine Frau anzubaggern.“

Der Mann lächelte erneut. Er war Bischoff nicht unsympathisch.

„Nun, ich wollte Sie auch nicht anbaggern, sondern nur ein bisschen plaudern mit Ihnen“, sagte er. „So wie Sie heute Nachmittag mit meinem Großvater geplaudert haben.“

„Ach so ist das. Wie haben Sie mich ausfindig gemacht?“

Der Mann hielt Bischoff die Hand hin. „Mein Name ist übrigens Ralph Vogelsang. Ich bin das Gleiche wie Sie, nämlich Kriminalhauptkommissar.“

„Freut mich.“ Bischoff und Vogelsang schüttelten sich die Hände.

„Ganz korrekt ist das übrigens nicht, was

sie hier treiben.", sagte Vogelsang dann. „Eigentlich hätten Sie um Amtshilfe nachsuchen müssen. Oder uns zumindest über Ihre Nachforschungen informieren müssen."

„Stimmt."

„Aber …?"

„Nun, um ganz offen zu sein, Ihre Kollegen hier waren bislang nicht sehr kooperativ, was den Fall betrifft, und deswegen wollten wir sie damit nicht auch noch belästigen."

„Sie glauben also, dass die Witwe von diesem Slabo hinter diesem Rachefeldzug steckt? Und damit auch an dem Mord an diesem Journalisten?"

„Woher wissen Sie …"

„Ich habe vor etwa einer Stunde mit Ihrem Kollegen Gruber telefoniert. Der war so freundlich, mich über die genauen Umstände Ihres Besuchs aufzuklären."

„Dann wissen Sie ja Bescheid."

Vogelsang nickte nur.

„Nun ja, es spricht jedenfalls alles dafür, so langsam", sagte Bischoff. „Auch wenn mir die Rolle der Mutter, also von Jessica Kopp, noch unklar ist. Ich meine, die Frau müsste jetzt weit über siebzig sein."

„Was haben Sie jetzt vor?"

„Ich werde morgen mal zu ihrem Haus hinausfahren und schauen, ob ich jemanden zu Gesicht bekomme."

„Mehr nicht?"

„Nein …"

„Haben Sie denn die genaue Adresse?"

„Ja. Ihr Großvater war so freundlich, sie für mich in Erfahrung zu bringen."

Vogelsang nickte. „Gut. Aber seien Sie trotzdem vorsichtig. Diese Leute haben einen sechsten Sinn für Gefahr. Ich meine, ich würde Sie ja gerne begleiten, aber ich habe morgen Vormittag einen wichtigen Gerichtstermin …"

„Das passt schon."

„Okay, aber wenn's eng werden sollte, zögern Sie bitte nicht, mich zu verständigen." Er zog eine Visitenkarte aus seiner Jackentasche und reichte sie Bischoff. „Versprochen?"

„Versprochen."

32

„Was ist denn mit dir los?“, fragte Ingrid, nachdem Gruber am Tisch Platz genommen hatte. „Ich dachte, du freust dich darüber, dass ihr endlich vorwärtskommt …“

„Tue ich ja auch“, erwiderte Gruber. „Aber ich mache mir Sorgen um die Bischoff. Wenn das alles stimmt, was sie da gestern herausgefunden hat, dann haben wir's hier mit einer Person zu tun, die vor absolut nichts zurückschreckt. Also wär's vielleicht klüger, sie schaltet die Kollegen ein, bevor sie weiter auf eigene Faust nachforscht.“

„Dann ruf sie doch an …“

Gruber nickte. „Mache ich gleich nachher.“

Ingrid schenkte ihnen beiden Kaffee ein und setzte sich an den Tisch. Gruber nahm sich eine Scheibe Brot und bestrich sie mit Butter und Heidelbeermarmelade. Ingrid begnügte sich mit ihrem Kaffee.

„Trotzdem, schwer zu glauben, dass eine Frau zu so etwas fähig ist“, sagte Ingrid dann nachdenklich.

„Wieso nicht? Frauen sind nicht besser oder schlechter als Männer“, erwiderte Gruber.

„Wenn sich also die Gelegenheit ergibt, und dazu noch relativ gefahrlos …“

„Du meinst, durch diese Verbindung mit diesen Unterweltfiguren?“

„Sicher. Es gibt da einen guten Spruch von einem griechischen Philosophen: Der Mensch ist immer so gut wie die Gesellschaft, mit der er sich umgibt. Denk nur mal an die Aufseherinnen in den Konzentrationslagern. Die waren um keinen Deut besser als die Männer, eher noch schlimmer. Da gab es doch eine, der Name fällt mir jetzt nicht ein, die hatte ihren Schäferhund darauf dressiert, die Genitalien der Häftlinge zu zerfleischen.“

„Oh Gott, hör bloß auf damit.“

„Ich sage ja nur …“

„Trotzdem frage ich mich, was das Fürchterliches gewesen sein muss, das ihr damals auf dem Hof von diesem Leitner zugestoßen ist.“

„Er hat die Kleine missbraucht, der Mistkerl. Hat er ja auch zugegeben. Reicht dir das nicht?“

„Ja, schon, aber bei allem Mitgefühl für das Mädchen, das erklärt doch nicht, wieso sie anschließend über Leichen geht. Ich habe erst vor Kurzem im STERN einen Bericht über Missbrauchsopfer gelesen, von denen die meisten erst nach Jahrzehnten darüber sprechen konnten, so traumatisiert waren sie."

„Ich weiß. Diese Sabrina Kopp oder Lilian Sabena, wie sie sich jetzt nennt, ist halt die Ausnahme … Aber vielleicht können wir sie demnächst ja fragen, was genau damals genau vorgefallen ist."

„Der Leitner, was passiert jetzt mit dem?"

„Der Missbrauch ist natürlich längst verjährt. Und was mit seinen Söhnen passiert ist, das muss er mit sich selbst ausmachen. Aber die Sache mit diesem Reporter, dem Jakob Reiter, für die ist er zumindest mitverantwortlich. Ob's allerdings für eine Anklage reicht, möchte ich aber bezweifeln."

„Und die Leute im Dorf?"

„Die dürften inzwischen auch kapiert haben, dass es nicht sein Verhältnis mit der Jessica war, das ihn zur Zielscheibe gemacht hat, sondern dass es was mit ihrer Tochter zu tun hat."

„Glaubst du, dass er unter diesen Umständen noch in Beching bleibt?"

„Keine Ahnung, ist mir langsam auch egal." Er schluckte den letzten Bissen hinunter und deutete auf das Glas mit der Marmelade. „Könntest du abends vielleicht mal Pfannkuchen mit dem Zeug machen? Schmeckt einfach genial."

„Vielleicht mit Vanilleeis dazu?"

„Das wäre perfekt."

Gruber trank seinen Kaffee aus und stand auf. „Also dann …" Er küsste Ingrid kurz auf den Mund, steckte seine Heckler & Koch ein und verließ das Haus. Vor der Haustür blieb er kurz stehen und blickte sich um. Es war ein trüber Tag und die Luft roch bereits nach Herbst. Gruber lächelte in sich hinein. Die Monate bis Weihnachten waren ihm immer die liebsten gewesen, und er freute sich auf die langen Abende zu Hause. Auf die Gespräche mit Ingrid, auf das Musikhören, auf die vielen Bücher, die er schon längst mal lesen wollte. Die dunkelhaarige Frau in dem grauen Lieferwagen, der zwei Häuser weiter geparkt war, beachtete er nicht.

33

An der Abzweigung, die laut dem Navigationsgerät zu Lilian Sabenas Villa führte, hielt Bischoff an. Was jetzt? Einfach hinfahren und der Frau auf den Zahn fühlen verbot sich. Sie hatten nichts Konkretes in der Hand gegen sie, und solange sich die Frau sicher fühlte, wäre es dumm gewesen, sie ohne Not aufzuscheuchen. Sie entschied, erst einmal einen Blick auf das Anwesen zu werfen, bevor sie eine Überwachung in die Wege leitete. Vielleicht war das Haus ja unbewohnt, und die Frau hielt sich ganz woanders auf. Oder es ergaben sich andere Möglichkeiten, wie sie mehr herausfinden konnte. Sie fuhr ein Stück weiter und parkte ihren Roadster in einer Schneise entlang der Straße. Sie überlegte kurz, ob sie Gruber anrufen und über ihren Standort informieren sollte; verschob den Anruf aber auf später, wenn sie vor Ort war. Sie steckte das Fernglas und die Kamera zu ihrer Pistole in die Tasche, stieg aus und ging zurück zur Abzweigung.

Die Straße, laut Schild eine Sackgasse, war schmal, ungeteert und kurvenreich und führte zunächst entlang eines Hügels durch dichten Wald. Nach etwa einem Kilometer lichtete sich der Wald, und Bischoff erblickte in einiger Entfernung die Villa. Ein weißer, zweistöckiger Kasten, umgeben von einer gut zwei Meter hohen Mauer. Die Zufahrt führte durch ein Metalltor, das geschlossen war. Zu sehen war niemand. Bischoff schlug sich in die Büsche und stapfte den Hang hoch, der sich rechterhand von ihr erstreckte. Auf halber Höhe machte sie Halt, suchte hinter Buschwerk Deckung und holte ihr Fernglas aus der Tasche. Doch alles, was sie zu sehen bekam, war ein auf dem Hof geparkter Kleinwagen. Sonst deutete nichts darauf hin, dass die Villa bewohnt wurde. Nirgendwo ein Lebenszeichen. Sie legte das Fernglas neben sich auf den Boden und griff nach ihrem Smartphone.

Gruber war sofort dran.

„Ich wollte dich eben anrufen“, sagte er. „Wo bist du?“

Bischoff erklärte es ihm.

„Was hast du jetzt vor?“, fragte Gruber.

„Weiß ich noch nicht. Meinst du, wir kriegen aufgrund dessen, was wir bisher herausgefunden haben, die Erlaubnis zum Zugriff?“

„Schwer zu sagen, aber eher nicht, würde ich

sagen. Höchsten die Erlaubnis, ihre Kommunikation zu überwachen."

„Kannst du das in die Wege leiten?"

„Ich rede gleich mit der Werner. Und du bleib schön auf Abstand, hörst du?"

„Klar doch."

„Obwohl, eigentlich wär's mir lieber, du würdest dich zurückziehen. Du bist ganz allein da draußen, vergiss das nicht."

„Keine Sorgen, ich passe schon auf."

„Gut. Bis später dann."

Bischoff setzte sich in das gelbe, noch feuchte Gras, den Rücken an einen Baumstumpf gelehnt, und nahm wieder das Fernglas zur Hand. Sie dachte nicht daran, sich zurückzuziehen. Jedenfalls nicht sofort. Wenn sie schon mal hier war, wollte sie möglichst viel auskundschaften, wollte sie diese Frau zumindest zu Gesicht bekommen.

Sie musste nicht lange warten. Nach etwa fünfzehn Minuten kam auf der Straße unter ihr ein Geländewagen in Sicht, ein schwarzer Volvo SUV, nur besetzt mit dem Fahrer, einem älteren Mann. Der Volvo hielt vor dem Tor, das sich gleich darauf automatisch öffnete. Der Wagen fuhr hinein, das Tor schloss sich wieder.

Der Mann, der aus dem Volvo ausstieg, war um die sechzig und leicht korpulent, eine unauffällige Erscheinung. Eine durchaus markante Erscheinung war hingegen der Mann, der nun aus dem Haus trat und auf der Terrasse vor der Haustür auf den Volvo-Fahrer wartete. Ein bulliger, etwa fünfzigjähriger Typ mit Vollbart und glatt rasiertem Schädel, ganz in Schwarz gekleidet. Bischoff wartete, bis die beiden im Haus verschwunden waren. Dann griff sie wieder nach ihrem Smartphone und machte eine Halterabfrage.

Der Volvo war auf einen gewissen Gerald Loban zugelassen.

Der Anwalt!

Der Mann, von dem Gerichtsreporter Vogelsang behauptet hatte, dass er Lilian Sabenas einziger Vertrauter sei. Und damit vermutlich auch ihr Komplize. Nur ein Zufall, dass der Mann ausgerechnet jetzt hier auftauchte? Oder gab es vielleicht etwas Wichtiges zu besprechen? Vielleicht eine Beratung darüber, wie sie weiter vorgehen könnten, nachdem Franz Leitner unter Polizeischutz stand? Das Puzzle fügte sich jedenfalls immer weiter. Sie rief Gruber an.

„Dieser Anwalt, dieser Gerald Loban, ist gerade gekommen“, sagte sie.

„Du bist also immer noch dort?“

„Ja, aber gut versteckt …“

„Sonst noch etwas?“

„Nichts. Aber jedenfalls wissen wir jetzt, dass sie da sind …“

„Gut, dann bleib dran. Aber halt dich zurück, hörst du?“

„Ja doch.“

34

Gruber steckte sein Handy ein und stieg aus. Er blickte zu dem mit zwei Beamten besetzten Streifenwagen, der gegenüber an der Friedhofsmauer geparkt war, und betrat die Gaststätte. Wie erwartet, fand er in der Gaststube etliche Journalisten vor, die bis auf einen alle um einen Tisch saßen und eifrig debattierten. Von Leo Storch war nichts zu sehen, nur Annika stand hinter dem Tresen und war wie üblich mit ihrem Smartphone beschäftigt.

„Ah, Herr Kommissar", rief einer der Zeitungsleute, der Gruber bereits von der Pressekonferenz her bekannt war, „gut, dass Sie kommen. Sagen Sie, wieso haben Sie das mit der Polizeipräsenz hier im Dorf nicht viel eher angeordnet? Dann wäre der Kollege Reiter vielleicht noch am Leben!"

„Weil wir erst jetzt konkrete Hinweise darauf haben, wem die Bedrohung gilt", erwiderte Gruber ungehalten. „Im Gegensatz zu letzter Woche."

„Sie meinen diesen Franz Leitner?", fragte die einzige Frau in der Runde.

„Richtig."

„Der aber gar nicht möchte, dass er von der Polizei beschützt wird, soviel wir gehört haben."

„Was der Herr Leitner möchte, und was ich für richtig halte, ist zweierlei. Aber solange wir nicht wissen, wer ihm möglicherweise nach dem Leben trachtet, bleibt es dabei."

„Was ist mit dieser Frau, die vor über vierzig Jahren bei ihm gewohnt hat. Es heißt, sie könnte der Grund sein …?"

„Unsere Ermittlungen haben bis jetzt nichts ergeben, was dies bestätigen würde."

„Sie tappen also völlig im Dunkeln?"

„Das will ich nicht sagen …" Gruber machte kehrt, und stieß dabei gegen Prechtl, der eben zur Tür herein kam und Gruber mit empörtem Blick musterte.

„Sie, wie lang soll des eigentlich so geh?", fragte er. „Überall Polizei im Dorf."

„Vor ein paar Tagen noch haben Sie sich beschwert, dass Sie alle hier quasi schutzlos sind."

„Scho, aber, wo feststeht, dass da Leitner …"

„Fest steht überhaupt nichts", erwiderte Gruber. „Aber solange der Leitner hier wohnen bleiben möchte, müssen wir für seine Sicherheit sorgen."

„Aber des kost doch an Haufn Geld …"

„Wissen Sie etwas Besseres?"

„Können'S den Leitner ned zwingen, dass er woanders hiziagt?"

„Ich wüsste nicht, wie ..."

Sein Handy klingelte. Keine Nummer auf dem Display.

„Ja ...?"

„Spreche ich mit Hauptkommissar Gruber?" Eine Gruber unbekannte Männerstimme mit leicht rheinischem Beiklang.

„Woher haben Sie meine Nummer?"

„Das dürfte im Augenblick Ihr kleinstes Problem sein, würde ich sagen. Aber zuerst eine Frage: Können Sie ungestört sprechen?"

„Ja. Aber wieso ...?"

„Gut, dann hören Sie jetzt genau zu: Wir haben Ihre Frau entführt, und wenn Sie die Dame lebendig wiedersehen wollen, machen Sie genau das, was ich Ihnen jetzt sage. Haben Sie das verstanden?"

„Was ...?" Gruber glaubte, nicht richtig gehört zu haben. Ingrid entführt! Von wem denn und warum? „Hören Sie, wenn das ein schlechter Scherz sein soll, dann weiß ich nicht ..."

„Haben Sie das verstanden?", unterbrach ihn der Anrufer. „Ja oder nein?"

„Ja. Aber …“

„Nichts aber“, schnitt ihm der Mann erneut das Wort ab. „Ich sag's Ihnen gerne noch mal: Wir haben Ihre Frau. Wenn Sie Wert darauf legen, sie lebendig wiederzusehen, dann befolgen Sie ab jetzt meine Anweisungen. Ist das angekommen?“

„Ja. Aber was …“

„Hören Sie einfach zu und unterbrechen Sie mich nicht ständig: Also, Sie machen jetzt Folgendes: Sie holen den Leitner aus seinem Haus, zum Beispiel mit der Begründung, dass Sie ihn nach Traunstein in die Polizeiinspektion bringen wollen, und fahren mit ihm los. Allein, versteht sich, aber das können Sie als Einsatzleiter sicher arrangieren. Ich gebe Ihnen dafür eine Stunde. Dann melde ich mich wieder und sage Ihnen, was Sie dann tun müssen.“

Gruber brauchte ein paar Sekunden, um das eben Gehörte zu verdauen. „Das ist unmöglich …“, erwiderte er dann.

„Was soll daran unmöglich sein?“

„Das wissen Sie ganz genau.“

„Unsinn. Wo ein Wille ist, ist bekanntlich auch ein Weg. Es sei denn, Sie wollen den Rest Ihres Lebens als Witwer verbringen.“

„Erst möchte ich mit meiner Frau sprechen!"

„Alles zu seiner Zeit. Also, sind wir uns einig?"

„Was geschieht dann?"

„Dann gebe ich Ihnen Bescheid, wo Sie mir den Mann übergeben können!"

„Übergeben? Zu was denn?"

„Das hat Sie nicht zu interessieren."

„Und meine Frau?"

„Die sehen Sie wieder, sobald ich in Sicherheit bin …"

„Und Sie glauben, darauf lasse ich mich ein?"

„Ich glaube vor allem, dass Sie ein vernünftiger Mensch sind, der weiß, was er tut. Oder tun muss."

„Damit kommen Sie nicht durch …"

„Das entscheiden ganz allein Sie, beim Leben Ihrer Frau. Und noch eines: Wenn Sie versuchen, mich bei der Übergabe festzunehmen, werden Sie mich nicht lebend kriegen. Das ist mein Einsatz bei diesem Spiel: Mein Leben gegen das Leben Ihrer Frau. Also, noch mal zum Mitschreiben: Sie bringen mir den Mann, geben mir zwölf Stunden Vorsprung, und sehen anschließend Ihre Frau unversehrt wieder."

„Zwölf Stunden? Sie sind verrückt …"

„Absolut nicht. Also, sind wir uns einig?"

„Selbst wenn ich möchte, es würde nicht funktionieren. Abgesehen davon wäre es Beihilfe zu Mord …"

„Ob es funktioniert oder nicht, hängt ganz von Ihnen ab, würde ich sagen. Und was das andere betrifft, so bin ich sicher, dass man gnädig sein wird mit Ihnen. Jedenfalls wird man Ihnen die Zeit im Gefängnis so angenehm wie möglich gestalten. Und in ein paar Jahren, wenn Gras über die Sache gewachsen ist, kommen Sie in den offenen Vollzug und können wieder fast normal leben. Im Gegensatz zu dem Leben, das sie führen müssten, wenn Sie auf meine Forderungen nicht eingehen. Dann müssten Sie nämlich damit leben, dass Sie für den Tod Ihrer Frau verantwortlich sind. Aber wie gesagt, es ist Ihre Entscheidung."

„Wie soll ich wissen, dass Sie Wort halten und meine Frau wieder freilassen?"

„Das kann niemand wissen. Es sei denn, Sie glauben an Gott."

„Ich … ich muss darüber nachdenken. Geben Sie mir zehn Minuten …"

„Einverstanden. Und keine Tricks."

Die Verbindung war tot.

Gruber blieb wie betäubt sitzen und starrte auf den Dorfplatz.

35

Bischoff überlegte gerade, wie lange sie noch hier sitzen und Ausschau halten sollte, als sich Gruber meldete.

„Na endlich“, sagte sie, „ich habe schon ein paar Mal …“

„Sie haben Ingrid …“, unterbrach Gruber sie.

„Wie? Ich verstehe nicht …“

„Jemand hat sie entführt. Und verlangt jetzt von mir, dass ich den Leitner aus seinem Haus schaffe und diesem Typen übergebe.“

Bischoff hielt den Atem an. Ingrid, entführt! „Wie übergeben? Bei einem Austausch?“

„Eben nicht. Er verlangt außerdem zwölf Stunden Vorsprung. Erst dann soll Ingrid freikommen.“

„Wann sollst du das machen?“

„Innerhalb der nächsten Stunde.“

„Hast du mit Ingrid sprechen können?“

„Nein.“

„Und wenn du nicht darauf eingehst?“

„Droht der Scheißkerl, sie zu töten …“

„Oh Gott, das darf einfach nicht wahr sein … Für wie ernst hältst du die Drohung?“

„Wenn wir davon ausgehen, dass es derselbe Typ ist, der den Reiter auf dem Gewissen hat, würde ich sagen: todernst. Abgesehen davon hat er damit gedroht, sich umzubringen, sollte ich versuchen, ihn bei der Übergabe festzunehmen oder ihm zu folgen. Der setzt alles auf eine Karte. Wer so ein Risiko eingeht, dem ist entweder alles egal oder er wird sehr gut bezahlt dafür."

„Wenn es ein Profi ist, hält er vielleicht sein Wort."

„Das ist meine einzige Chance …"

„Heißt das, du willst darauf eingehen?"

„Weißt du was Besseres?"

„Ich weiß nicht." Bischoff blickte kurz zur Villa. „Vorhin ist doch ihr Anwalt eingetroffen, der kann es also nicht sein."

„Das habe ich auch nicht erwartet …"

„Hör mal, ich könnte Verstärkung rufen, das Haus stürmen lassen und die ganze Bande hochnehmen."

„Aber mit welcher Begründung? Wir haben nichts in der Hand gegen sie …"

„Und wenn schon. Darüber können wir uns später Sorgen machen. Aber du könntest bei deinem nächsten Telefonat diesem Typen sagen, dass wir wissen, wer dahinter steckt und dass wir seine Auftraggeberin aus dem Verkehr gezogen haben. Dass seine einzige Chance jetzt darin besteht, Ingrid unversehrt freizulassen."

„Das ist eine Verrückte …"

„Sie vielleicht. Aber nicht dieser Typ, den sie angeheuert hat. Das ist garantiert ein Profi wie dieser Bieleck. Der wird knallhart seine Chancen abwägen und begreifen, dass Schadensbegrenzung das Einzige ist, was jetzt angesagt ist. Der wird Ingrid freilassen und rennen wie ein Hase vor dem Fuchs."

„Und wenn nicht? Wenn er sie als Geisel mitschleppt und dann irgendwann loswerden will, weil sie zuviel mitbekommen hat?"

„Das Risiko besteht auch, wenn du auf seine Forderungen eingehst."

„Ja, ich weiß … Verdammt, was soll ich bloß machen?"

„Wo bist du jetzt überhaupt?"

„Ich sitze in meinem Wagen, auf dem Parkplatz vorm Gasthaus …"

Bischoff zögerte kurz. Sie wollte Gruber nicht drängen, aber die Lösung lag zu ihren Füßen, davon war sie überzeugt. Sie müssten nur zuschlagen, der Schlange den Kopf abschlagen, und der Spuk wäre zu Ende. Aber was, wenn es nicht so lief, wenn das Ganze in einem blutigen Chaos endete, mit Ingrid als einem der Opfer?

„Glaubst du denn, dass du überhaupt eine Chance hättest, den Leitner aus dem Dorf zu schaffen?“, fragte sie.

„Eigentlich schon, aber … Ich muss jetzt Schluss machen.“

36

Ein Klopfen an das Autofenster schreckte Gruber auf. Er blickte hinaus und erkannte einen der Dorfbewohner. Er gab dem Mann mit einer unwirschen Geste zu verstehen, dass er nicht gestört werden wolle. Der Mann verzog das Gesicht und entfernte sich wieder, und Gruber starrte wieder auf das Handy in seiner schweißfeuchten Hand. Was jetzt? Die Zeit lief. Sollte er auf Bischoff hören und zustimmen, dass man das Haus stürmte, dass man Sabrina Kopp und diesen Anwalt in die Mangel nahm, ohne im Geringsten zu wissen, was dabei herauskommen würde?

Oder sollte er auf die Forderung der Gangster eingehen und Leitner dem sicheren Tod ausliefern? Beihilfe zum Mord, genauso würde die Anklage lauten. Mildernde Umstände? Keine. Von einem Polizisten wurde mehr erwartet als von einem Normalbürger. Ein Polizist hatte sich an das Gesetz zu halten, egal, ob man seine Frau entführt hatte, um ihn damit zu erpressen. Sicher, da hatte dieser Scheißkerl schon recht: Man würde sich um ihn kümmern und ihm die Zeit im Gefängnis so angenehm wie möglich gestalten. Es würde ihm, soweit es die Umstände erlaubten, an nichts fehlen, aber alles, wofür er gelebt und gearbeitet hatte, wäre weg, würde in Schutt und Schande liegen. Er sah schon die Schlagzeile vor sich: Der Polizist, der seiner Frau zuliebe zum Mörder wurde!

Andererseits, was zählte das schon, wenn er dafür Ingrid retten konnte.

„Hallo, Herr Kommissar …"

Gruber blickte auf. Nun war es Storch, der am Auto stand und ihn fragend anblickte. Gruber öffnete die Wagentür einen Spalt breit, wusste nicht, was er sagen sollte.

„Neue Probleme?", fragte Storch.

Gruber überlegte kurz, ob er Storch ins Vertrauen ziehen sollte, verwarf den Gedanken aber sofort wieder. Damit würde er den Mann nur belasten, und was würde schon dabei herauskommen? Schott, fiel ihm ein. Walter Schott, sein ältester und bester Freund. Wenn der wenigstens hier wäre! Der könnte ihm vielleicht aus der Patsche helfen.

Gruber schüttelte den Kopf. „Nein, ich warte nur auf einen wichtigen Anruf meiner Kollegin."

„Ist sie noch in Frankfurt?"

„Ja."

„Okay, dann will ich nicht weiter stören." Storch nickte Gruber zu und ging zurück ins Gasthaus.

Sein Handy klingelte. Gruber wischte sich mit dem Handrücken den Schweiß von der Stirn und atmete einmal tief durch. „Ja …?"

„Nun, haben Sie darüber nachgedacht?"

„Ja. Aber erst möchte ich mit meiner Frau sprechen."

„Das geht leider nicht, jedenfalls nicht im Moment. Aber ich werde dafür sorgen, dass sie sich innerhalb der nächsten halben Stunde bei Ihnen meldet. Reicht das?"

„Ja."

„Also kommen wir ins Geschäft?"

„Ja. Aber ich muss erst meine Kollegin loswerden und anschließend die Lage peilen. Geben Sie mir noch eine Stunde dazu, dann habe ich einen Weg gefunden."

„Einverstanden, also zwei Stunden. Aber wenn ich keine konkrete Zusage habe, ist die Sache gelaufen, und Sie sehen Ihre Frau nie wieder."

Drei Sekunden später klingelte sein Handy erneut. „Hallo, Herr Kommissar, können Sie schnell zum Hof vom Leitner kommen. Da gibt es Ärger …"

„Was denn für Ärger?"

„Sein Sohn ist da und hat einen Riesenstreit mit dem Alten. Ich bin mir nicht sicher, aber ich glaube, er hat eine Waffe."

„Wer? Der Sohn oder der Alte?"

„Der Alte …"

Verdammt! Gruber stieß einen Fluch aus. Das hatte ihm gerade noch gefehlt. Aber „Nein" konnte er schlecht sagen.

„Gut, ich bin gleich da."

Gruber stieg aus und rannte los. Am Leitnerhof angekommen, wandte er sich den beiden Streifenbeamten zu, die vor der Haustür Stellung bezogen hatten. Zwei weitere Beamte der Bundespolizei hielten sich im Hintergrund bereit.

„Warum habt ihr mir nicht sofort gemeldet, dass der Sohn aufgekreuzt ist?"

„Haben wir versucht, Herr Kommissar. Aber Sie haben dauernd telefoniert, und da…"

Gruber winkte ab. „Okay, schon gut."

Gruber spähte durch ein Fenster in die Wohnstube. Das Fensterkreuz und der halb zugezogene Vorhang behinderten seine Sicht, dennoch erkannte er deutlich, dass Georg Leitner mit beiden Händen eine Pistole hielt und damit auf seinen Vater zielte, der mit gesenktem Kopf reglos am Tisch saß. Gruber klopfte sachte gegen das Fenster. Die Pistole schwenkte in seine Richtung, und er blickte in das verzerrte Gesicht vom Georg.

„Hauen Sie ab", plärrte Georg.

„Das kann ich nicht", rief Gruber. „Das wissen Sie …"

„Wenn Sie reinkommen, schiaß i …"

„Dann sagen Sie mir wenigstens, was Sie wollen?"

„I mecht endlich die Wahrheit wissn …"

„Die kennen Sie doch schon."

„An Schmarrn kenn i."

„Ich gehe hinten rein", sagte Gruber zu den Beamten. „Ihr bleibt hier und unternehmt nichts, bis ihr von mir hört."

Gruber lief um die Ecke, fand die Hintertür und betrat eine Art Waschraum. Die offenstehende Tür führte in den Flur zwischen Wohntrakt und Stallgebäude. Er horchte kurz, aber kein Geräusch drang zu ihm heran. Er wandte sich nach links und schlich den Flur entlang, bis er die Tür zur Küche erreicht hatte. Da hörte er, wie Georg Leitner vorne im Wohnzimmer sagte: „... des glabst doch selber ned, nur weilst de Kloane gvögelt host! Jetzt sog mia endlich, wos wirklich passiert is, wos sonst no gmacht host?“

„Nix hob i gmacht, Herrgott no amoi“, erwiderte Franz Leitner, resigniert und wütend zugleich. „Nix, wosd ned scho wissen dadst. Und jetzt gib entweder a Ruah oder schiaß endlich, damit mas endlich hinter uns bringen.“

Gruber war kurz versucht, nach seiner Pistole zu greifen, unterließ es aber. Stattdessen schob er sich vorsichtig in die mit schmutzigem Geschirr, leeren Bierkästen und voll gestopften Müllsäcken überladene Küche und rief: „Hier ist Gruber. Ich komme jetzt rein zu Ihnen.“

„I hob gsogt, Sie solln abhaun ...“, rief Georg Leitner.

„Ich habe Ihnen gesagt, das kann ich nicht. Also lassen Sie uns reden. Und stecken Sie die Pistole weg.“ Er trat in den Durchgang, die Hände leicht angehoben, und blickte abwechselnd zu den beiden Männern. Franz Leitner schenkte ihm kaum Beachtung, doch Georg richtete sofort die Pistole auf ihn.

„Hören Sie, wir haben die Person gefunden,

die für alles verantwortlich ist, für die Anschläge auf Sie und Ihren Bruder", sagte Gruber schnell. „Wenn es also wirklich noch etwas geben sollte, was uns Ihr Vater verschwiegen hat, dann erfahren wir das schon. Also geben Sie mir die Pistole und machen Sie sich nicht unglücklich."

„Unglücklich!" schrie der Mann Gruber zu. „Wos glabn Sie denn, wos des da für a Leben is?" Dabei ruckelte er mit dem Rücken gegen die Lehne seines Rollstuhls. „A glückliches vielleicht?"

„Ja, ich weiß …"

„Nix wissen'S."

„Ja gut, schon möglich. Aber andere werden auch damit fertig, also …"

„I mog aber nimmer …", unterbrach ihn der Georg.

„Das kann ich verstehen. Aber wenn Sie Ihren Vater erschießen, ändert das auch nichts daran."

Georg senkte für einen Moment den Blick. Packte dann mit beiden Händen die Pistole, zielte nach oben und drückte mit geschlossenen Augen ab. Schoss dreimal in die Decke, bevor er zusammensackte und die Waffe in seinen Schoß fallen ließ. Im nächsten Augenblick rutschte Franz Leitner mit lautem Stöhnen von der Bank und schlug schwer auf dem Dielenboden des Wohnzimmers auf, wo er reglos liegen blieb.

37

Verdammt, wieso meldete sich Gruber nicht? Wollte er sie da raushalten, um sie nicht zu belasten? Oder hatte er genug von ihren Ratschlägen? Bischoff starrte mit verbissener Miene auf ihr Smartphone. Sie wollte gerade seine Nummer eintippen, als sie unten an der Villa eine Bewegung registrierte. Sie duckte sich und griff nach dem Fernglas.

Gerald Loban kam aus dem Haus, gefolgt von dem Bärtigen. Vor der Haustür blieben sie stehen und wechselten ein paar Worte. Dann ging Loban zu seinem Wagen, der Bärtige verschwand wieder im Haus. Bischoffs Gedanken überschlugen sich. Sie zweifelte keine Sekunde daran, dass dieser Mann alles organisiert hatte, dass er das Bindeglied zwischen Sabrina und den Entführern war.

Sie musste eine Entscheidung treffen. Gut überlegt, aber schnell.

Bischoff steckte Smartphone und Fernglas ein, packte ihre Tasche und rannte los. Wünschte sich, sie hätte aus dem Auto ihre kugelsichere Schutzweste mitgenommen, aber zu spät. Sie hörte, wie hinter ihr der Volvo gestartet wurde, hetzte weiter den Abhang hinab, durch Gestrüpp und vorbei an vereinzelt stehenden Bäumen. Sie stolperte über eine Baumwurzel und fiel zu Boden, rappelte sich wieder auf und erreichte die Straße, die an dieser Stelle eine scharfe, durch allerhand Gebüsch unübersichtliche Kurve machte. Sie holte ihre Heckler & Koch aus der Tasche und stellte sich mitten auf der Straße in Position, breitbeinig und die Pistole mit beiden Händen gepackt.

Gleich darauf bog der Volvo des Anwalts um die Kurve. Schneller, als sie erwartet hatte. Bischoff straffte sich, hob die Pistole an und zielte auf Lobans Gesicht. Hoffte inständig, dass Loban nicht die Nerven besaß und versuchen würde, sie eiskalt über den Haufen zu fahren. Doch der Anwalt, ausgelöst durch den Schreck, trat unwillkürlich hart auf die Bremse. So dass der Volvo auf Bischoff zuschlitterte und Lobans Chance dahin war.

Bischoff sprang zur Seite, ihre Waffe unverwandt auf Lobans Kopf gerichtet. Loban zögerte kurz, ließ dann das Fenster runter und blickte Bischoff mit zusammengekniffenen Augen an.

„Polizei", sagte Bischoff. „Stellen Sie den Motor ab und dann keine Bewegung."

„Erst möchte ich Ihren Ausweis sehen ...“

Bischoff trat an die Wagentür und stieß Loban die Mündung der Pistole an die Schläfe. Der Anwalt stellte den Motor ab. „Und jetzt?“, fragte er, beide Hände am Lenkrad.

„Jetzt nehmen Sie Ihr Handy und rufen die Leute an, die die Frau von Kommissar Gruber entführt haben. Sagen ihnen, dass sie die Frau freilassen sollen, und zwar auf der Stelle.“

„Tut mir leid, aber ich weiß nicht, wovon Sie reden.“

„Rufen Sie an, oder ...“

„Was oder?“

„Oder ich schieße Ihnen eine Kugel in den Kopf.“

Der Anwalt lächelte matt. „Das wäre Mord, und ein völlig sinnloser dazu ...“

„Kann sein. Aber das Risiko gehe ich ein.“

Bischoff und Loban starrten sich an. „Wie wollen Sie das erklären?“

„Das ist mir im Augenblick scheißegal. Wir wissen inzwischen genug über Sie und Ihre Machenschaften, dass es niemanden groß interessieren wird, wie Sie ums Leben gekommen sind.“

„Wenn Sie wirklich soviel wissen, wieso sind

Sie dann allein hier und ziehen diese lächerliche Selbstjustiz-Nummer ab?"

„Lächerlich oder nicht, entweder Sie rufen jetzt an, oder ich drücke ab."

„Und Sie glauben im Ernst, Sie wären dazu fähig?"

„Finden Sie's raus. Ich gebe Ihnen noch fünf Sekunden …"

„Na schön, und was hätte ich davon?"

„Sie würden am Leben bleiben", erwiderte Bischoff, leicht irritiert.

„Um den Rest dieses Lebens im Gefängnis zu verbringen? Keine sehr verlockende Aussicht."

„Sie geben also zu, dass Sie die Entführung arrangiert haben?"

„Ich gebe überhaupt nichts zu. Aber nur mal angenommen, ich erledige diesen Anruf, was springt dabei für mich heraus?"

„Was weiß ich. Vielleicht lässt der Staatsanwalt mit sich reden, wenn Sie kooperieren."

Loban schüttelte den Kopf. „Ganz schlechte Idee. Aber ich hätte einen anderen Vorschlag …"

„Und der wäre?"

„Ganz einfach, Sie lassen mich jetzt weiterfahren und vergessen, dass es mich gibt. Ich versichere Ihnen, dass ich diesen Anruf innerhalb der nächsten halben Stunde tätigen werde."

„Das werde ich ganz bestimmt nicht tun."

„Dann vergeuden wir nur unsere Zeit, fürchte ich."

Bischoff schüttelte verwirrt den Kopf. Sie spielte kurz mit dem Gedanken, den Mann festzunehmen und … Ja, und was dann? Der Mann würde garantiert eisern schweigen, und was könnten sie ihm schon nachweisen? So wie es im Augenblick aussah, vielleicht nichts. Vielleicht über seine Handydaten, aber das würde dauern.

„Hören Sie, wir wissen beide, was Sache ist", sagte Loban. „Sonst wären Sie nicht hier, oder? Aber wir wissen auch, dass Sie nichts davon beweisen können. Also versuchen wir doch, einen Kompromiss zu finden. Einen Kompromiss, mit dem wir beide leben können …"

„Hören Sie auf mit dem Gequatsche …" Bischoff wurde immer nervöser, aufgebrachter. Die Straße war zwar eine Sackgasse, dennoch konnte jeden Moment ein Wanderer oder Radfahrer auftauchen. Oder es konnte oberhalb der Straße jemand durch den Wald streifen und sie beobachten. Sie stieß Loban erneut mit der Waffe gegen den Kopf und sagte: „Ich zähle jetzt bis drei. Entweder Sie telefonieren dann, oder Sie telefonieren nie wieder."

Der Anwalt versuchte, in Bischoffs Blick zu lesen, wie ernst es ihr war. Er schniefte, blickte kurz zur Seite, und griff danach in die Innentasche seines Sakkos. Er brachte ein billiges Handy zum Vorschein und sagte: „Sie wissen aber schon, dass Sie dieses Gespräch nicht gegen mich verwenden können. Nicht unter diesen Umständen!"

„Jetzt machen Sie endlich …"

„Na schön, ganz wie Sie wollen."

Loban hantierte umständlich mit dem Handy, wobei sein Blick über den Rückspiegel schweifte. Der Blick verriet Bischoff, dass etwas nicht stimmte. Sie fuhr herum. Etwa fünf Meter hinter dem Volvo stand der Bärtige aus Lilian Sabinas Haus, eine kurzläufige Maschinenpistole auf sie gerichtet. Bischoff stockte der Atem. Ich bin tot, dachte sie. Doch der Augenblick verrann, die Kugel, die sie erwartet hatte, blieb aus. Sie ließ ihre Pistole fallen und atmete weiter, wich dabei einen Schritt zur Seite und hob die Hände an. Der Anwalt stieß die Wagentür auf, stieg aus und hob wortlos Bischoffs

Pistole auf. Der Bärtige kam näher, die MP nun gesenkt.

„Du kommst genau richtig, Andres …“, sagte Loban, während er Bischoffs Pistole in seiner rechten Jackentasche verschwinden ließ.

„Polizei?“, fragte Andres mit ausdruckslosem Gesicht. „Ich habe sie oben am Hang gesehen.“

„Ja. Zum Glück aber nur die Vorhut, wie es scheint.“ Loban wandte sich Bischoff zu. „Also, jetzt raus mit der Sprache: Wie seid ihr uns auf die Spur gekommen?“

„Rufen Sie an“, erwiderte Bischoff. „Dann erfahren Sie's …“

„Andres …“, sagte Loban.

Der Bärtige trat näher, die MP wieder erhoben und auf Bischoffs Gesicht gerichtet. Er blieb dicht vor Bischoff stehen, so dicht, dass sie seinen Schweiß riechen konnte, und starrte sie mit undurchdringlicher Miene an. Bischoff schluckte schwer. Doch bevor sie etwas sagen konnte, holte der Bärtige aus und schlug ihr mit der linken Faust in den Magen. Bischoff wurde übel, gleich darauf gaben ihre Knie nach und sie stürzte zu Boden. Sie schlug hart auf dem groben Kies auf, kam seitlich zum Liegen und hielt sich mit beiden Händen den Bauch.

Sie würgte, erbrach etwas Schleim und stöhnte vor sich hin, bis nach einer Weile der Schmerz etwas nachließ und sie ihre Umgebung wieder wahrnahm.

Loban stand nun mit dem Rücken zu ihr am Volvo, die linke Hand aufs Wagendach gestützt, und telefonierte. Der Bärtige war nicht in ihrem Blickfeld. Nach ein paar Sekunden beendete der Anwalt das Gespräch, drehte sich um und ging neben ihr in die Hocke. Er sagte: „Also, ich frage noch mal, wie kommen Sie hierher?"

„Haben Sie angerufen?", keuchte Bischoff.

„Alles zu seiner Zeit. Erst verraten Sie mir, was Sie wissen ..."

„Einen Scheiß werd ich."

Loban blickte zu dem Bärtigen hoch. „Andres, schieß ihr ins Bein."

„Halt, warten Sie ..." Bischoff hob abwehrend die Hand. „Wir haben herausgefunden, dass Sabrina über ihre Mutter an diesen Zoltan Slabo geraten ist. Und dass sie sich heute Lilian Sabena nennt ..."

„Warum sind Sie dann allein hier?"

Bischoff setzte sich mühsam auf, die Hände um die Knie verschränkt. Sie atmete ein paar

Mal tief durch. „Ich bin nicht allein. Die Polizei in Frankfurt weiß Bescheid, wo ich bin. Wenn Sie mich verschwinden lassen, wird Ihnen das gar nichts nützen."

„So, glauben Sie?"

„Ja. Aber wenn Sie endlich anrufen, haben Sie vielleicht noch eine Chance, Ihre Haut zu retten."

„Sehr aufmerksam von Ihnen." Loban nahm Bischoffs Umhängetasche an sich, erhob sich und gesellte sich zu dem Bärtigen, der ihrer Unterhaltung gefolgt war, die Maschinenpistole nun halb unter seiner Lederjacke verborgen. Die zwei entfernten sich ein paar Schritte, so dass Bischoff nicht verstehen konnte, was sie sich zu sagen hatten. Nach etwa einer halben Minute trat Loban wieder auf Bischoff zu und sagte. „Andres wird sich um Sie kümmern."

„Ich sag's Ihnen noch mal, wenn Sie mich töten, wird ..."

„Niemand wird sie töten, jedenfalls nicht im Augenblick. Tun sie einfach, was er sagt, und alles wird gut."

„Okay. Aber nur, wenn Sie anrufen."

Loban zwang sich ein Lächeln ab. „Sie sind wirklich hartnäckig, das muss ich schon sagen.“ Er warf Bischoffs Umhängetasche in den Volvo. „Also dann, machen Sie’s gut, Frau Kommissarin.“ Er wechselte mit Andres noch ein paar Worte, bevor er dem Bärtigen auf die Schulter klopfte und nach einem letzten Blick zu Bischoff in seinen Wagen stieg.

Bischoff und der Bärtige blickten dem Volvo nach, bis er um die nächste Kurve verschwunden war.

„Kannst du laufen?“, fragte Andres dann.

„Ich weiß nicht. Vielleicht …“

„Dann komm.“ Andres packte Bischoff rüde am linken Handgelenk und zerrte sie hoch. Bischoff kam wacklig zum Stehen. Ihr war immer noch kotzübel und sie hatte Mühe, klar zu sehen, aber sie blieb aufrecht, als Andres sie wieder losließ und mit der linken Hand in Richtung Villa deutete. Sie stolperte los, gefolgt von Andres, der ein paar Schritte hinter ihr blieb.

38

Robert Kramer legte das Handy auf den Beifahrersitz zurück und zwang sich zur Ruhe. Wiederholte im Geist die Worte des Anwalts: Tut mir leid, aber die Sache ist abgeblasen. Lassen Sie die Frau frei, wann und wo überlasse ich Ihnen, und tauchen Sie unter. Vielleicht kann ich Sie dann aus der Sache heraushalten. Viel Glück.

Was jetzt? Sein Instinkt sagte ihm, nimm deine hundertfünfzigtausend Euro und zieh Leine. Er hatte schon schlimmere Momente erlebt und würde auch das überstehen. Aber der Gedanke, Alex einfach so zurückzulassen, behagte ihm nicht. Der Anwalt bereitete ihm keine Sorgen, jedenfalls keine allzu großen. Der würde den Mund halten, egal, was da schiefgelaufen sein mochte. Aber Alex könnte sich zu einem echten Problem entwickeln. Vielleicht nicht sofort, aber irgendwann, wenn sie wieder in ihren alten Kreisen verkehrte. Abgesehen davon musste er sichergehen, dass die Frau auch freikam. Alles andere war zu bewältigen, aber nicht, wenn sie eine Leiche zurückließen, noch dazu die Ehefrau eines Kriminalhauptkommissars. Dann würden sie gejagt werden wie tollwütige Hunde, würden ohne jede Chance sein.

Kramer stieß einen Seufzer aus und griff wieder nach dem Handy.

Alex meldete sich sofort.

„Wo bist du gerade?“, fragte er.

„In einem Waldgebiet westlich von Regensburg. Was ist …?“

„Alles klar. Das Paket liegt gut verschnürt hinter mir im Auto …“

„Der Typ hat tatsächlich geliefert?“

„Hat er, genau nach Plan …“

„Wie hat er das geschafft?“

„Ich habe ihn nicht gefragt, aber er war jedenfalls sehr kooperativ. Hat mir sogar seine Visitenkarte zugesteckt, für den Fall, dass es unterwegs Ärger geben sollte. Was ich aber nicht erwarte.“

„Der Typ muss echt verknallt sein in seine Alte …“

„Allerdings. Deswegen darf ihr auch nicht das Geringste passieren. Der würde sonst Himmel und Hölle in Bewegung setzen.“

Alex lachte kurz. „Wie soll er das machen, wenn er im Knast sitzt?“

„Ich glaube nicht, dass ihn der Knast davon abhalten könnte. Du weißt doch, wie die Bullen reagieren, wenn es einen von ihnen erwischt. Die würden nie aufgeben. Ein Typ wie der Leitner ist ihnen scheißegal, aber die Frau eines Kommissars … Also, pass gut auf sie auf."

„Und wenn er doch eine Überwachung arrangiert hat?"

„Nun ja, ausgeschlossen ist nichts, aber ich glaube nicht. Ich denke, ich habe den Mann genau richtig eingeschätzt. Der will seine Frau wiedersehen und der Rest ist ihm scheißegal."

„Und jetzt, wie weit bist du schon?"

„Ich bin noch am Übergabeort, werde aber gleich losfahren. Richte dich mal auf etwa vier Stunden ein, okay?"

„Okay, mache ich."

Kramer legte das Handy wieder auf den Beifahrersitz und blickte nachdenklich zum Fenster hinaus. Das wäre also geklärt. Hauptsache, Alex hatte keinen Verdacht geschöpft. Der Rest würde sich ergeben. Blieb die Frage, was er mit Gruber machen sollte? Sollte er sich wie angekündigt wieder melden und das üble Spiel fortsetzen? Es sprach einiges dafür, schon um Zeit zu gewinnen. Aber was war, wenn der Mann den Leitner schon in seiner Gewalt hatte und auf einen Austausch drängte? Dann würde es eng werden. Verdammter Anwalt! Der Scheißkerl hätte ihm wenigstens verraten können, warum die Sache geplatzt war. Er beschloss, erst einmal loszufahren und unterwegs eine Entscheidung zu treffen. Aber welche Route sollte er nehmen? Er warf einen Blick auf das Navigationsgerät. Er befand sich wenige Kilometer südlich von Traunstein, nicht weit von der Autobahn entfernt. Aber die sollte er besser meiden, sagte er sich. Also über Landshut … Er startete den Motor und fuhr los.

39

Verdammt, wieso meldete sich der Scheißkerl nicht?

Gruber blickte abwechselnd auf das Chaos in Leitners Wohnzimmer und auf sein Handy. Die zwei Stunden waren längst verstrichen, aber kein Anruf. Weder von Ingrid, wie zugesagt, noch von diesem Drecksentführer. Wieso nicht? Hatte der Typ irgendwie erfahren, was hier vorgefallen war? Dass Franz Leitner mit einem schweren Herzinfarkt ins Krankenhaus gebracht worden war, dass der Deal geplatzt war? Gruber ließ sich auf einen Stuhl fallen, wusste nicht weiter.

Ein Streifenpolizist erschien in der Tür zum Flur: „Herr Kommissar, da sind ein paar Leute von der Zeitung …“

„Sollen warten.“

„Außerdem ein Herr Prechtl …“

„Raus mit Ihnen“, schrie Gruber den verdatterten Beamten an. „Ich will jetzt endlich meine Ruhe.“

Der Polizist verzog sich wortlos.

Bischoff!

Herrgott, die hatte er ganz vergessen. Er nahm

das Handy, das ihm ein Kollege überlassen hatte, und tippte ihre Nummer ein.

Nichts. Nur die Mailbox.

Gruber blickte ratlos um sich. Er hatte das Gefühl, gleich vom Stuhl zu kippen. Das war doch unmöglich, dass Bischoff unter diesen Umständen nicht erreichbar war. Es sei denn, sie steckte ebenfalls in Schwierigkeiten … Vogelsang, fiel ihm ein. Er musste diesen Vogelsang verständigen. Er rief die Zentrale an und bat um eine Verbindung nach Frankfurt.

Vogelsang war sofort am Apparat.

„Hier Gruber, Kripo Traunstein", sagte Gruber, bemüht, sich seine Verzweiflung nicht anmerken zu lassen. „Meine Kollegin Bischoff ist heute Morgen in den Taunus gefahren, um einen Blick auf das Haus von dieser Lilian Sabena zu werfen. Wir haben zuletzt vor gut einer Stunde telefoniert, aber jetzt meldet sie sich nicht."

„Ich werde mich sofort darum kümmern", versprach Vogelsang. „Und bei Ihnen, machen Sie Fortschritte?"

Fortschritte! Gruber hätte beinahe aufgeheult vor Wut und Sorgen.

„Wie man's nimmt", erwiderte er ausweichend, „aber wichtiger ist jetzt …"

„Habe schon verstanden“, unterbrach ihn Vogelsang. „Wir legen gleich los.“

„Danke.“

Gruber legte das Handy zurück auf den Küchentisch und starrte die Wand an. Wenig später hörte er Schrittgeräusche im Flur, gleich darauf betrat Dr. Werner die Küche. Bei Grubers Anblick blieb sie erschrocken stehen.

„Sie haben Ingrid“, sagte Gruber tonlos.

40

Etwa fünf Meter vom Tor entfernt blieb Bischoff stehen und blickte sich um. Andres stand ein paar Schritte hinter ihr, die MP nun in der linken Hand. Mit der rechten drückte er eben auf einen Knopf seines Handys. Das Tor öffnete sich, und Bischoff schleppte sich weiter. Sie zitterte ein wenig bei dem Gedanken, dass sie gleich der Frau gegenüberstehen würde, die für alles verantwortlich war. Die ihre Position als Erbin eines kriminell erworbenen Vermögens gnadenlos genutzt hatte, um sich an Franz Leitner zu rächen. Die jetzt vielleicht die Absicht haben könnte, sich an ihr zu rächen, weil sie ihr auf die Spur gekommen waren.

Vor der Haustür wartete eine dunkelhaarige, derb wirkende Frau um die fünfzig auf sie. Sie musterte Bischoff mit feindseligem Blick, bevor sie zur Seite trat und Bischoff und Andres passieren ließ. Andres dirigierte Bischoff nach links in ein geräumiges Zimmer, das wie ein altmodischer Salon eingerichtet war. Mit offenem Kamin, schweren Ledermöbeln und dicken Teppichen. An den Wänden hingen Ölgemälde: düstere Porträts und ebenso düstere Landschaften. Die Vorhänge waren zugezogen, das einzige Licht kam von einer Stehlampe neben dem Sofa. Bischoff stützte sich mit der linken Hand auf die Lehne eines Sessels und blickte sich neugierig um. Gleich darauf kam aus einem Nebenzimmer eine Frau in einem elektrisch betriebenen Rollstuhl heran. Eine magere, vielleicht sechzigjährige Frau, ganz in schwarz gekleidet und das leichenblasse, eingefallene Gesicht hinter einer Sonnenbrille versteckt. Sie ließ ein paar Sekunden verstreichen, bevor sie die Brille abnahm und Bischoff mit einer knappen Geste aufforderte, sich zu setzen.

Bischoff ließ sich in den Sessel fallen, noch immer erstaunt über den Anblick, der sich ihr bot. Das sollte die Person sein, die sich erst ihren Platz in der Frankfurter Unterwelt erkämpft und dann über Jahrzehnte hinweg einen brutalen Rachefeldzug geführt hatte! Sie mochte es fast nicht glauben. Denn alles, was sie erblickte, war eine kleine, vorzeitig gealterte und sichtlich schwerkranke Frau, die nach Verfall und Tod roch.

„Wenn wir uns beeilen", sagte Andres. „kommen wir vielleicht noch durch, mit ihr da als Geisel."

Die Frau lächelte müde. „Sie wollen mich, Andres, nicht euch. Also macht, dass ihr wegkommt."

Andres schüttelte den Kopf. „Niemals …"

„Keine Diskussion, Andres. Aber nehmt nicht den Wagen, sondern macht euch zu Fuß auf den Weg."

Der Bärtige rührte sich nicht. Warf Bischoff nur einen finsteren Blick zu.

„Das ist ein Befehl, Andres", sagte die Frau mit plötzlicher Schärfe.

„Und sie da?"

„Mit der komme ich schon klar. Aber jetzt verschwindet endlich, bevor es zu spät ist."

Andres zögerte kurz. Dann trat er vor, die Maschinenpistole noch immer in der Hand, beugte sich über die Frau und küsste sie ehrfurchtsvoll auf die Stirn. Seine Ehefrau, die lautlos herangekommen war, tat es ihm gleich. Im nächsten Augenblick waren die zwei weg, als hätte es sie nie gegeben.

„Hat er also endlich ausgepackt, der alte Hurensohn", sagte die Frau, nachdem sie Bischoff ohne jede Gefühlsregung ausgiebig gemustert hatte.

„Ja. Aber was immer er Ihnen angetan hat,

rechtfertigt nicht diesen Rachefeldzug, den Sie da angezettelt haben."

„So, finden Sie?"

„Ja."

„Schön, wenn man zu allem eine Meinung hat, ohne etwas zu wissen."

„Wir wissen genug über Sie."

„Dumm nur, dass Sie nichts davon beweisen können …"

„Das wird sich herausstellen."

„Keine Sorge. Ich werde Ihnen alles sagen."

„Und wieso?"

„Weil ich sterbe. Vielleicht nicht heute oder morgen, aber sehr wahrscheinlich in den nächsten Monaten, sollte kein Wunder geschehen. Das behaupten jedenfalls die Ärzte."

Bischoff verkniff sich die Frage nach der Krankheit, die Sabrina Kopp demnächst dahinraffen würde. „Also war das der Grund, weshalb Sie es so eilig hatten, an den Leitner ranzukommen?"

„Was sonst? Schließlich wollte ich noch ein paar schöne, ungestörte Tage mit ihm verbringen."

„Heißt das, er sollte gar nicht in Beching umgebracht werden?"

„Nein, natürlich nicht. Er sollte hierher gebracht werden. Haben Sie das noch immer nicht kapiert?"

„Und dann?"

„Möchten Sie das wirklich wissen?"

Bischoff schüttelte den Kopf. „Was hat Ihnen eigentlich der Pfarrer getan? Das war doch auch Ihr Werk, oder?"

„Sicher."

„Hat er Sie auch ...?"

„Nein, hat er nicht ..." Die Frau lächelte böse. „Vermutlich stand er auf kleine Jungs, sonst hätte er die Gelegenheit wohl ergriffen. Nein, er hat mir nur eingebläut, dass ich ja den Mund halten sollte, als ich ihm erzählt habe, was der Leitner mit mir treibt. Hat gemeint, meine Mutter und ich sollten lieber froh sein, dass uns der Leitner-Bauer aufgenommen und ein Zuhause geboten hat." *Zuhause*, sie spuckte das Wort förmlich aus.

„Das hat Ihnen gereicht, um den Ruf des Mannes zu vernichten und in den Tod zu treiben?"

„Sie halten mich für ein Monster, richtig?", sagte Sabrina Kopp nach einer Pause. „Sagen sich, er hat mich ja nur gefickt, was ist daran so

Schlimmes. Passiert doch Tausenden anderen auch, jeden Tag, ohne dass jemand hinschaut oder gar dagegen einschreitet. Es ist so normal wie banal geworden."

„Ist es nicht ..."

„Aber Sie haben schon recht: Wenn er mich nur gefickt hätte, hätte ich mich vielleicht damit zufriedengegeben, ihn hierher bringen zu lassen und langsam in Stücke zu schneiden. Aber er hat auch gedroht, mich zu töten, um mich gefügig zu machen. Ein kleines Mädchen von elf Jahren, das sich nicht wehren konnte."

Bischoff zuckte mit den Schultern. „Gut, das ist vielleicht genauso schrecklich ..."

Sabrina Kopp unterbrach sie. „Hören Sie lieber zu, bevor Sie ständig glauben, alles besser zu wissen." Die Frau holte tief Luft, wirkte plötzlich sehr erschöpft. „Er hat mich eines Abends, als meine Mutter im Gasthaus gearbeitet hat, aus dem Bett geholt und gesagt, er möchte mir etwas zeigen. Er ist mit mir zur Rückseite des Stallgebäudes gegangen, hat den Betondeckel über der Jauchegrube weggeschoben und gesagt, ich soll da mal reinschauen. Wenn man auf einem Bauernhof aufgewachsen ist, ist das nichts Besonderes. Ein dunkles Loch halt, aus dem es erbärmlich stinkt, aber mehr auch nicht. Aber wenn man zum ersten Mal davor steht, noch dazu mitten in der Nacht und voller Angst, und der Mann sagt, dass er mich da hinunter werfen würde, sollte ich jemandem davon erzählen, was er anschließend mit mir machen würde, ist der Schlund der Hölle. Und der Mann, der dich an der Hand hält, der Teufel. Ich hatte jahrelang Albträume …"

Bischoff nickte nur.

„Als ich später mit Zoltan zusammen war und ihm alles erzählt habe und gesagt habe, dass ich mich unbedingt dafür rächen möchte, hat er gemeint, dass man in seiner Heimat in so einem Fall die ganze Familie dafür büßen lassen würde. Das hat mich auf die Idee gebracht, dem Leitner erstmal das Wertvollste zu nehmen, was er hatte, nämlich seine zwei Jungs. Aber nicht gleich, sondern erst, wenn sie erwachsen waren, wenn er gesehen hat, was für prächtige Burschen da herangewachsen waren."

„Nur dass die beiden überlebt haben", warf Bischoff ein.

„Aber wie …" Sabrina Kopp verzog triumphierend das Gesicht. „So war es zwar nicht geplant, aber besser hätte es doch gar nicht ausgehen können: Der eine ein Krüppel und der andere Gemüse im Kopf."

„Sie sind echt wahnsinnig …"

„Sicher. Wenn euch sonst nichts mehr einfällt, ist man wahnsinnig."

„Und der Brand auf seinem Hof? Dabei wären um Haaresbreite zwei völlig unbeteiligte Menschen ums Leben gekommen."

Sabrina Kopp sagte nichts dazu.

„Wie ist Ihre Mutter eigentlich in diese Kreise hineingeraten?", fragte Bischoff, als die Stille unheimlich wurde.

„Durch Zoltans Onkel. Dem gehörte der Nachtclub, in dem sie einen Job gefunden hatte, kurz nachdem wir nach Frankfurt gezogen waren."

„Und Sie?"

„Mich haben sie bei Verwandten von ihm untergebracht …"

„Wo Sie sich als Lilian Sabena neu erfunden haben. Und später Zoltan für sich gewinnen konnten."

„Ja."

„Bis er Ihnen lästig wurde und Sie dafür gesorgt haben, dass er ins Gefängnis kommt, aber nicht mehr raus. Jedenfalls nicht lebendig."

Die Frau sagte nichts.

„Was ist eigentlich aus Ihrer Mutter geworden?“, fragte Bischoff. „Haben Sie die auch abserviert?“

„Wieso abserviert?“

„Weil sie Sie nicht beschützt hat, zum Beispiel?“

„Ich habe meine Mutter sehr geliebt. Leider war sie eine sehr schwache Frau …“

„Aber scheinbar doch clever genug, um sich, kaum dass sie in Frankfurt war, einen Gangster wie Zoltans Onkel zu angeln.“

„Wenn Sie das sagen …“

In Sabrinas Kopps Worte mischte sich das unverkennbare Dröhnen eines rasch näher kommenden Helikopters. Bischoff spannte ihre Muskeln, machte sich bereit, auf die Frau loszugehen.

„Gehen Sie …“, sagte Sabrina Kopp unvermutet.

„Was?“

„Lassen Sie mich allein.“ Die Frau hielt plötzlich einen kleinen Revolver in ihrer rechten Hand. „Raus mit Ihnen …“

Bischoff erhob sich mit wackligen Knien und wandte sich zur Tür, halb in der Erwartung, eine Kugel in den Rücken zu bekommen. Doch nichts dergleichen geschah.

41

Gruber spritzte sich etwas kaltes Wasser ins Gesicht und betrachtete sein Spiegelbild. Er sah erbärmlich aus. Wie ein Zombie. Er fragte sich, wie lange er sich noch auf den Beinen halten könnte. Gleichzeitig war er überzeugt davon, nie wieder Schlaf zu finden, sollte Ingrid etwas zustoßen. Aber war das überhaupt noch die Frage? Er warf einen Blick auf seine Armbanduhr. Kurz nach vier. Nein, er würde Ingrid nie wiedersehen. Weil diese Entführer sie nicht nur töten, sondern ihre Leiche auch verschwinden lassen würden. Und das nur, weil Bischoff unbedingt auf eigene Faust handeln musste. Hatte sie wirklich geglaubt, sie könnte diesen scheiß Anwalt dazu bringen, die Entführung quasi zu stornieren? Jetzt war der Typ über alle Berge, und selbst wenn sie ihn zu fassen kriegten, was könnten sie ihm schon anhängen? Seine Auftraggeberin war tot, hatte sich mit Zyankali selbst vergiftet, und diese Banditen, die Ingrid entführt hatten, würden untertauchen und alles für sich behalten.

Ein Klopfen gegen die Tür schreckte ihn auf. Er wischte sich mit einem Papierhandtuch die Hände trocken, steckte sich das Hemd in die Hose und öffnete. Staatsanwältin Werner stand vor der Toilette und blickte ihn mitfühlend an. „Wir fahren jetzt zurück …“, sagte sie.

Gruber nickte nur.

„Wollen Sie wirklich hier bleiben?“

„Ja.“

„Aber …“

„Ich komme schon zurecht.“

„Wir sollten die Hoffnung nicht aufgeben …“

„Ja, ich weiß.“

„Hm, wollen Sie nicht doch mit der Bischoff sprechen? Sie hat mich eben wieder angerufen.“

Gruber zögerte kurz. „Meinetwegen“, sagte er dann. Er schlüpfte in sein Sakko, nickte der Staatsanwältin zu und ging durch die Hintertür in den Biergarten hinaus. Er setzte sich an einen Tisch, legte sein Handy auf die Tischplatte und starrte es sekundenlang an, bevor er die Nummer eintippte, die Dr. Werner ihm auf einem Zettel notiert hatte.

Bischoff war sofort am Apparat.

„Es tut mir so leid“, begann sie. „Ich weiß nicht, was ich sagen soll …“

„Dann sag nichts. Aber ich kann dir eins sagen: Wenn Ingrid etwas zustößt, ist es besser, du lässt dich nicht mehr blicken. Und jetzt lass mich endlich in Frieden." Gruber drückte die Verbindung weg und blickte auf. Vor ihm stand Storch.

„Darf ich fragen, was auf dem Leitner-Hof genau passiert ist?", fragte Storch.

Gruber erzählte es ihm.

„Und jetzt?", fragte Storch.

„Jetzt ist alles aus. Es sei denn, es geschieht noch ein Wunder."

„Wie bitte?"

„Sie haben meine Frau entführt", sagte Gruber.

42

Etwa fünf Kilometer vor dem vereinbarten Treffpunkt bog Robert Kramer in einen Forstweg ein und hielt an, verschwitzt und durstig, aber zufrieden mit sich. Er war glatt durchgekommen und den Rest würde er auch überstehen. Auch wenn es riskant war, was er vorhatte. Aber das Leben der Frau ging vor. Was für eine Ironie, dachte er. Erst drohst du, sie zu töten, und dann setzt du dein Leben aufs Spiel, um sie zu retten. Er stieg aus und vertrat sich kurz die Beine, bevor er den Schalldämpfer an die Beretta schraubte und die Waffe in seinen Hosenbund steckte. Denn eines stand fest: Egal, was bei dem Treffen herauskommen würde, auf das Schlechte im Menschen konnte man sich immer verlassen.

Als er den Treffpunkt erreichte, eine kleine Waldlichtung entlang eines weiteren Fortwegs, war von Alex zunächst nichts zu erblicken. Nur ihr Lieferwagen stand da. Kramer stellte den Motor ab, blieb aber im Wagen sitzen. Er blickte sich forschend um, fühlte sich wie auf dem Präsentierteller. Aber nein, dachte er, bevor sie etwas unternimmt, wird sie mit mir alles durchsprechen wollen. Sie kennt diesen Anwalt nicht, sie weiß nicht, wie sie vorgehen soll. Aber danach …

Ein Klopfen an die Heckscheibe schreckte ihn auf. Kramer stieß die Wagentür auf und blickte sich um. Alex stand vor ihm, mit angespannten Gesichtszügen und einem kleinen Revolver in der rechten Hand. Das wäre geschafft, dachte Kramer erleichtert.

„Was soll das?“, fragte er mit Blick auf den Revolver. „Hast du Angst, ich habe die Bullen im Schlepptau?“

„Wer weiß …“

„Dann würde dir das Ding auch nicht viel helfen.“

Alex sagte nichts. Aber ihr Blick sagte alles. In ihren Augen war Kramer bereits ein toter Mann.

„Spar dir das lieber für die Übergabe auf“, sagte Kramer schnell.

„Wieso?“

„Weil ich sicher bin, dass dieser Anwalt versuchen wird, uns zu linken. Oder glaubst du, der rückt die drei Millionen einfach so raus?“

„Warum hast du den Deal dann überhaupt gemacht?“

Was für eine dämliche Frage! Kramer verzog das Gesicht und stieg aus dem Wagen. Er lächelte knapp. „Weil wir gute Chancen haben, es trotzdem zu schaffen. Vorausgesetzt, wir bereiten uns entsprechend vor."

„Und die Frau?"

„Das weißt du doch. Wir bringen sie jetzt ein Stück tiefer in den Wald, fesseln sie an einen Baum und verschwinden so schnell wie möglich von hier."

„Sie hat mich gesehen …"

„Mit Mütze und Sonnenbrille, das kann dir nicht gefährlich werden. Abgesehen davon habe ich mit diesem Gruber eine Vereinbarung getroffen. Er wird das Wenige, was er von mir gesehen hat, nicht richtig beschreiben, und er wird auf seine Frau einwirken, es ebenso zu halten. Also mach dir keine unnötigen Sorgen. Aber der Frau jetzt noch etwas anzutun, wäre Wahnsinn, die größte Dummheit, die wir machen könnten. Unser Problem ist jetzt die Übergabe."

„Wann kommt das Abholkommando?"

Kramer warf einen Blick auf seine Armbanduhr. „Er hat gesagt, er braucht noch eine knappe Stunde. Und jetzt steck endlich das Ding da weg." Er machte eine Kopfbewegung zu seinem Wagen. „Willst du dir den Mann nicht mal ansehen?"

„Klar doch …"

Alex steckte ihren Revolver ein und folgte Kramer zum Wagen. Kramer straffte sich, öffnete die Schiebetür und trat beiseite. Während Alex sich in den Wagen beugte, zog er blitzschnell seine Pistole aus dem Hosenbund und schoss der Frau hinter dem rechten Ohr in den Kopf. Alex fiel bäuchlings auf den Rücksitz, strampelte kurz mit den Beinen und machte sich in die Hose, bevor sie still dalag. Kramer zögerte kurz, beugte sich ebenfalls in den Wagen und schoss der Frau mit aufgesetzter Waffe ein zweites Mal in den Hinterkopf. Danach steckte er die Pistole wieder in den Hosenbund, sammelte die zwei Patronenhülsen ein und horchte kurz, ob sich in der Umgebung etwas tat. Aber alles blieb ruhig und leer.

Er setzte seine Sonnenbrille auf, nahm vom Beifahrersitz die halbvolle Flasche Mineralwasser und ging damit zu Alex' Wagen. Er öffnete die Heckklappe, und erblickte die Frau des Kommissars. Sie lag zusammengekrümmt und mit Klebeband verschnürt auf dem Wagenboden, und die Wut in ihren Augen war trotz des Dämmerlichts unverkennbar. Wut und nicht etwa Angst! Kramer war erstaunt. In diesem Augenblick beneidete er den Kommissar. Er selbst hatte schon viele Frauen gehabt, in allen möglichen Ländern, aber er hatte fast immer bezahlt dafür. So eine Frau hingegen war ein Geschenk. Er löste vorsichtig das Band, das ihre untere Gesichtshälfte bedeckte, und hielt ihr die Flasche an die Lippen. Während sie gierig das lauwarme Wasser trank, blickte er kurz zu seinem Wagen. Alex' Leiche würde er unterwegs verschwinden lassen, würde sie entweder vergraben oder verbrennen. Und dann, mal sehen, wie weit er mit den zweihunderttausend Euro kommen würde.

Als die Frau mit Trinken fertig war, sagte er: „Es ist vorbei, in ein paar Stunden sind Sie wieder frei. Allerdings muss ich Sie bis dahin allein lassen, aber ich bin sicher, Sie schaffen das auch noch. Ach ja, noch eins: Sie werden es mir vermutlich nicht glauben, aber ich habe eben Ihr Leben gerettet, also tun Sie mir vielleicht den Gefallen und beschreiben Sie mich nicht allzu genau, okay?"

Die Frau sagte nichts dazu.

„Also dann …“ Kramer warf die Heckklappe wieder zu und machte, dass er wegkam.

43

„Gut, dann lasse ich Sie beide jetzt allein", sagte der Arzt und ging hinaus.

Gruber drückte Ingrids Hand und blickte sie lange an. „Ich kann mich nur wiederholen", sagte er dann. „Ich weiß nicht, wie ich das jemals wiedergutmachen kann."

„Wieso gutmachen? Du kannst doch nichts dafür."

„Sicher, aber wenn ich damals auf dich gehört hätte, würden wir heute in Dresden wohnen und das Ganze wäre nie passiert."

Ingrid lächelte. „Stimmt. Wenn ich einen Arzt oder Apotheker geheiratet hätte, vermutlich auch nicht, oder? Aber jetzt sag: Wärst du wirklich aufs Ganze gegangen, um mich da rauszuholen?"

Gruber nickte. „Ich hätte es jedenfalls versucht."

„Dann hätte ich dich für sehr lange Zeit im Gefängnis besuchen müssen …"

„Allerdings."

„Hast du schon mit der Bischoff gesprochen?"

Gruber nickte. „Habe ich …"

„Und?“

„Das wird schon wieder.“

„Gut, dann geh jetzt in dein Hotel, und morgen früh fahren wir nach Hause.“

„Bist du sicher?“

„Aber ja doch …“

„Na gut.“ Gruber küsste Ingrid sanft auf den Mund und erhob sich schwerfällig. An der Tür drehte er sich noch einmal um und sagte: „Manchmal frage ich mich wirklich, womit ich dich verdient habe?“

„Das frage ich mich manchmal auch … Und jetzt geh schon.“

Gruber zog die Tür hinter sich zu und ging den Flur entlang zum Aufzug. Als er um die Ecke bog, stieß er auf den Arzt von vorhin.

„Sie haben eine sehr tapfere Frau“, sagte der Arzt.

Gruber nickte. „Ja, ich weiß …“

„Sind Sie schon lange verheiratet?“

„Keine sechs Jahre.“

„Tatsächlich?“ Der Arzt schmunzelte. „Späte Liebe, was?“

„Das nicht gerade. Es hat nur einige Zeit gedauert, bis wir beide soweit waren.“

„Also dann, gute Nacht, Herr Kommissar.“

44

Es war punkt neun Uhr, als Gruber zwei Wochen später das Büro betrat, das er sich seit gut acht Jahren mit Bischoff teilte. Seine Kollegin saß bereits an ihrem Schreibtisch. Ein Anblick, der ihn sekundenlang trübsinnig stimmte. Vielleicht noch ein paar Monate, und dies alles könnte vorbei sein.

„Sag mal, du hast ja richtig Farbe im Gesicht. Hast du endlich mal ein Sonnenbad genommen?"

„Nicht nur das. Und stell dir vor: Ich war sogar im Wasser …" Gruber setzte sich und stellte seine Aktentasche unter dem Schreibtisch ab.

„Um Gottes willen, wie ist es denn dazu gekommen?"

„Ganz einfach, ich habe Ingrid versprochen, sie nie wieder allein zu lassen, nicht mal im Wasser."

„Apropos Ingrid. Wie geht es ihr?"

„Soweit ganz gut, würde ich sagen." Gruber schob den Stapel Computerausdrucke, der vor ihm lag, beiseite und strich mit den Fingerspitzen über die abgewetzte Schreibtischplatte.

„Wir sind viel herumgefahren, haben uns die Bäuche voll geschlagen und nachts in Palma die Kneipen unsicher gemacht."

„Echt?"

„Ja. War vielleicht nicht die gesündeste Art, sich zu erholen, aber das war uns beiden egal. Hauptsache, wir waren wieder zusammen." Gruber blickte kurz zum Fenster hinaus. „Du weißt ja, dass ich anfangs wirklich Angst hatte, dass sie mir vielleicht den Krempel vor die Füße schmeißt und mich verlässt."

„Ja."

Gruber beugte sich vor und blickte Bischoff fest in die Augen. Er hatte mit seiner Kollegin zwar schon mehrmals telefoniert und ihr Verhältnis wieder geradegebogen, aber dennoch. „Erst einmal möchte ich nochmals um Entschuldigung bitten", sagte er. „Tut mir wirklich leid, dass ich so eklig war. Aber ich war an diesem Tag nicht ich selbst."

Bischoff schenkte ihm ein herzliches Lächeln. „Das weiß ich doch …"

„Abgesehen davon, hätte ich vermutlich genauso gehandelt wie du. Hat nur ein bisschen gedauert, bis ich's eingesehen habe."

„Und du?", fragte Bischoff nach einer kurzen Pause vorsichtig. „Hättest du den Leitner wirklich ausgeliefert?“

„Ich fürchte ja.“

„Ohne Rücksicht auf Verluste?“

Gruber zuckte nur mit den Schultern und griff nach den Computerausdrucken vor sich. „Also, wie ist nun der Stand der Dinge?“

„Der Franz Leitner hat vor ein paar Tagen noch einen Schlaganfall erlitten und wird wohl den Rest seines Lebens als Pflegefall verbringen“, erklärte Bischoff. „Der Georg dagegen hat sich wieder erholt und ist zur Zeit auf Kur in Bad Mergentheim.“

„Na immerhin.“

„Genau. Was diesen Andres und seine Frau betrifft, so deutet einiges darauf hin, dass sie in ihre Heimat zurückgekehrt sind, wo sie hoffentlich auch bleiben. Und dass Sabrina Kopp Bauchspeicheldrüsenkrebs im Endstadium hatte, weißt du bereits.“

Gruber nickte.

„Sie hätte vielleicht noch ein Vierteljahr gehabt“, ergänzte Bischoff.

„Und unser Samariter?“

„Keine Spur. Auch von der Frau nicht. Sind beide wie vom Erdboden verschluckt.“

„Seltsamer Typ. Macht mir erst die Hölle heiß und spielt sich dann als Retter auf?“

„Glaubst du, dass er seine Komplizin vielleicht aus dem Weg geräumt hat?“

„Falls ja, soll es mir nur recht sein. Abgesehen …“

Ein Klopfen an der Tür unterbrach ihn. Gleich darauf betrat Dr. Werner das Büro. Sie musterte Gruber sekundenlang mit fast liebevollem Gesichtsausdruck, bevor sie zu ihm sagte: „Sie sehen ja richtig gut erholt aus, Herr Kollege.“

„Das bin ich auch …“, erwiderte Gruber.

„Umso besser. Es gibt nämlich Arbeit … Wie ich soeben erfahren habe, ist unser spezieller Freund Gerald Loban gestern Abend auf einem Campingplatz in der Nähe von Nizza festgenommen worden, verweigerte bis jetzt aber jede Aussage.“

Gruber und Bischoff wechselten einen Blick.

„Wenn er bei dieser Strategie bleibt, zweifle ich daran, ob es überhaupt für eine Anklage reicht“, sagte Gruber.

„Wissen Sie schon, wann er ausgeliefert wird?“, fragte Bischoff.

„Noch nicht. Aber lange kann es nicht dauern. Also bereiten Sie sich schon mal darauf vor.“

Gruber zögerte kurz. Er hatte eigentlich vorgehabt, seinen Abschied anzukündigen, die Möglichkeit, dass er vielleicht zum Jahresende in Pension gehen möchte, ließ es dann aber sein. Stattdessen schaltete er seinen PC ein und sagte. „Gut, dann gehen wir besser an die Arbeit.“

Pendragon Verlag
gegründet 1981
www.pendragon.de

Gedruckt auf holz- und säurefreiem Naturpapier

Originalausgabe
Veröffentlicht im Pendragon Verlag
Günther Butkus, Bielefeld 2016

Lektorat: Anja Schwarz
Umschlag und Herstellung: Uta Zeißler, Bielefeld
Umschlagfoto: Shotshop / Jan Skwara
Satz: Pendragon Verlag auf Macintosh
Gesetzt aus der Adobe Garamond
ISBN 978-3-86532-523-5
Gedruckt in Deutschland

Wolfgang Schweiger

Tödliches Landleben

Chiemgau-Krimi

Der fünfte Fall für Gruber und Bischoff

256 Seiten | PB | Euro 10,95

ISBN: 978-3-86532-357-6

Auch als eBook erhältlich.

Bayern steht kurz vor der Wahl. Ein Landrat wird erpresst. Eine ehemalige Terroristin kommt nach über 20 Jahren Haft wieder auf freien Fuß. Sie braucht Geld und gerät rasch in kriminelle Geschäfte. Und natürlich will sie wissen, wer sie damals verraten hat.

Unversehens ist das eingespielte Ermittler-Duo Gruber und Bischoff mittendrin in hochbrisanten Verstrickungen. Alte Feindschaften und neue Seilschaften machen ihnen die Arbeit schwer im beschaulichen Chiemgau.

www.pendragon.de

Wolfgang Schweiger

Duell am Chiemsee

Chiemgau-Krimi

Der sechste Fall für Gruber und Bischoff

264 Seiten | PB | Euro 10,99

ISBN: 978-3-86532-419-1

Auch als eBook erhältlich.

Frank Janek hat es geschafft. Trotz seiner Vergangenheit als Mitglied einer berüchtigten Motorradgang und einiger Vorstrafen hat er Karriere als Schauspieler gemacht. Bei Dreharbeiten im Chiemgau erwartet ihn allerdings eine böse Überraschung. Sein tot geglaubter Ex-Komplize Markus Bosch taucht auf und erpresst ihn. Bosch hat Janek wegen einer alten Sache in der Hand und zwingt ihn, bei einem Überfall auf einen Drogenkurier mitzumachen. Der Coup endet in einem Desaster, mit der Folge, dass Janek neben der Drogenmafia auch noch die Polizei am Hals hat. Doch Janek ist ein Mann, der sich zu wehren weiß …